Kim Lawrence
Una novia diferente

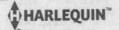

Editado por Harlequin Ibérica.
Una división de HarperCollins Ibérica, S.A.
Núñez de Balboa, 56
28001 Madrid

I.S.B.N.: 978-84-687-6237-1
Depósito legal: M-19543-2015
Impresión en CPI (Barcelona)
Fecha impresión para Argentina: 7.3.16
Distribuidor exclusivo para España: LOGISTA
Distribuidor para México: CODIPLYRSA
Distribuidores para Argentina: Interior, DGP, S.A. Alvarado 2118.
Cap. Fed./Buenos Aires y Gran Buenos Aires, VACCARO HNOS.

Prólogo

Blaisdon Gazette, 17 de noviembre de 1990

Un portavoz del hospital informó esta mañana de que dos niños pequeños, aparentemente gemelos, fueron hallados ayer en la escalinata de la iglesia de St. Benedict. Los bebés se encuentran en estado grave, pero su vida no corre peligro. Mientras tanto la policía sigue la pista de la madre, quien podría necesitar atención médica urgente.

London Reporter, 17 de noviembre de 1990

El pequeño Sebastian Rey-Defoe de siete años, hijo de la famosa lady Sylvia Defoe y nieto del difunto multimillonario filántropo Sebastian Rey, fue el encargado de colocar la primera piedra de la nueva ala del hospital en sustitución de su padre, ausente de la ceremonia por sus compromisos como capitán de la selección argentina de polo.

Sebastian, quien solo sufrió heridas leves en el accidente de coche donde murió su abuelo, es el futuro heredero de la inmensa fortuna de la familia Rey y de la mansión Mandeville Hall, en Inglaterra.

14 de febrero de 2008

–¿Me podrías explicar por qué tengo que alojarme en un sitio llamado el Unicornio rosa? –preguntó Sebastian con una mueca de disgusto.

–Lo siento –dijo su secretaria, siempre de irritante buen humor, fingiendo que no se percataba del sarcasmo–. Pero es el día de San Valentín y no quedan habitaciones libres en ningún otro sitio a menos de treinta kilómetros de la escuela de Fleur. Lake District es uno de los destinos más románticos para esta fecha... Pero tranquilo, que no es contagioso. El hotel tiene cinco estrellas y unas vistas estupendas. Su página web está llena de comentarios positivos abalando el toque personal, y tu habitación es... ¿cómo dicen? De un precioso diseño minimalista con vigas al descubierto y...

–¡Oh, no! –con sus casi dos metros de estatura no encajaría muy bien en una habitación minimalista con vigas. Se preguntó si su menuda secretaria lo estaría castigando por algo.

–No seas tan negativo. Tienes suerte de que hayan cancelado una reserva en el Unicornio rosa.

–He despedido a gente por mucho menos. ¿Es que no sabes lo despiadado que puedo llegar a ser? –el artículo dominical del mes pasado sugería que no podría haber amasado una fortuna tan grande si no hubiera mostrado una indiferencia total hacia el prójimo.

–Ya será menos... ¿Dónde ibas a encontrar a otra persona que soportara tu particular sentido del humor?

–¿Crees que estoy de broma?

–¿O alguien tan eficiente como yo que no se ponga a llorar cuando la reprendes o que se enamore de ti sin ser correspondida?

Sebastian reprimió una sonrisa a duras penas.

–¿Quién en su sano juicio le pondría el nombre de Unicornio rosa a un hotel?

Tuvo la respuesta al llegar: la misma gente que ponía a un pobre chico a tocar la guitarra una tarde de febrero con cero grados y una absurda imitación de vestimenta española que ningún español de verdad se pondría ni muerto, para amenizar con empalagosas canciones de amor a las parejas de enamorados que se hacían carantoñas en el cenador.

Si aquella era la idea que tenían del romanticismo, que se la quedaran.

Las perspectivas no pintaban nada bien, pero pensó que era el justo remate para un día de perros en el que le habían puesto una multa de aparcamiento.

Tendría que haber sido un día especial de celebración. Su hermanastra de trece años había ganado el premio juvenil de ciencias y su madre, lady Sylvia Defoe, se había presentado de improviso y contra todo pronóstico para dar una extraña muestra de apoyo maternal.

Tenía que admitir que había estado a punto de dejarse engañar por la escena, pero volvió a la realidad cuando Sylvia se apartó de su hija, la miró con reprobación y le recordó en voz alta que ella nunca había tenido acné ni granos. Luego, por si no la hubiera traumatizado ya bastante, se puso a coquetear con todos los hombres en la sala mientras su hija se encogía de vergüenza y humillación. Seb lo había presenciado todo y había sentido el sufrimiento y la rabia de su hermanastra como si fueran propios.

La gota que colmó el vaso fue cuando encontró a su madre y al recién casado profesor de biología abrazados de una manera excesivamente amistosa en una de las aulas. La puerta estaba abierta de par en par y cualquiera podría haberlos visto, pero posiblemente esa fuera la idea. A su madre nada le gustaba más que montar una escena.

Seb le ofreció al abochornado profesor un pañuelo para que se limpiara el carmín de la cara y le sugirió que fuera a reunirse con su mujer. Esperó a que se escabullera y, ahorrándose una sutileza que de nada serviría, le preguntó a su madre qué demonios se creía que estaba haciendo.

—No sé por qué te enfadas tanto, Seb —se quejó ella con un mohín—. ¿Qué tiene de malo divertirse un poco? Tu padre tuvo una aventura con aquella golfa... —soltó un dramático gemido y los ojos se le llenaron de lágrimas que podía derramar a voluntad.

—Ya me conozco la historia, madre, así que no esperes compasión por mi parte. Divorcios, aventuras, matrimonios... Es el cuento de nunca acabar y a mí ya me aburre. Pero como vuelvas a humillar a Fleur no volveré a dirigirte la palabra.

Su madre dejó de llorar al instante y lo miró con horror.

—No puedes estar hablando en serio, Seb.

—Créeme, estoy hablando muy serio —no era cierto. Hiciera lo que hiciera, ella siempre sería su madre—. ¿Alguna vez te paras a pensar en el dolor que causas cuando haces lo que te da la gana? —la miró fijamente y sacudió la cabeza—. Por supuesto que no. No sé para qué me molesto en preguntar.

El Unicornio rosa había sido engalanado para la ocasión con coronas de rosas rojas. Sebastian caminó velozmente hacia la puerta con una mueca ceñuda que llamó la atención de varias huéspedes. Si había una de esas malditas cosas en su almohada haría que... Suspiró y desechó la idea. El resto del mundo estaba tan embobado con sus fantasías románticas que nadie prestaría atención a una voz sensata entre aquel derroche de flores y corazones.

Sonrió burlonamente y se sacudió los copos de nieve que habían empezado a caer sobre su hombro. Más de una pareja incauta acabaría congelándose aquella noche, pensó mientras recorría con una mirada cínica las cabezas de los enamorados. Pero fue su expresión desdeñosa la que se le congeló en su aristocrático rostro al tiempo que una ola de calor prendía en su estómago y se propagaba por todo su cuerpo.

Apenas reparó en lo que la mujer llevaba puesto. Un vestido azul del que con gusto la despojaría. Tenía un cuerpo espectacular, todo curvas y piernas kilométricas, y Sebastian empleó unos cuantos segundos en contemplarlas con ojos hambrientos antes de posarse finalmente en su rostro.

¿Cómo podía ser? Nunca había imaginado que se encontraría a una mujer que se pareciese a ella. Su cara era un óvalo perfecto, pero no era la exquisita simetría de sus rasgos lo que mantenía cautiva la mirada de Sebastian ni la que prendía fuego en sus entrañas. Era su expresión, su risa mientras echaba la cabeza hacia atrás para ver la nieve y revelar la delicada y esbelta curva de su cuello.

Tenía los labios carnosos y los ojos grandes, y su pelo era una exuberante cascada de rizos rojos y dorados que le llegaba a la cintura.

Una ráfaga de aire frío lo sacó de su ensimismamiento. Bajó la mirada para recuperarse del impacto visual y se pasó una mano por sus oscuros cabellos mientras soltaba un prolongado suspiro. A continuación volvió a mirar, endureciéndose contra la extraña e incontrolable reacción inicial. Había sido un día muy largo y llevaba demasiado tiempo sin... Por desgracia había cosas que su secretaria no podía programarle.

Decidió que se tomaría libre el fin de semana y justo entonces, mientras pensaba con quién podría compartirlo, la risa de la pelirroja llegó hasta sus oídos. Era un sonido delicioso y suave, ligeramente ronco, dotado de una cualidad casi... tangible, como un dedo que le acariciara la espalda.

La envidia no era una emoción que le resultara familiar a Sebastian, por lo que le costó reconocer el nudo que se le formó en el estómago al fijarse en el hombre que estaba a su lado... ¿Su marido? ¿Su amante? Fuera quien fuera, deslizó un dedo bajo la barbilla de su pareja y le hizo levantar la cara hacia él.

Esa vez no se extrañó al reconocerlo: aquel tipo con suerte era el marido de Alice Drummond, quien alternaba una exigente carrera médica con dos hijos y un marido profesor que con veinte años había escrito un libro, su único logro hasta la fecha, y que seguía viviendo de los réditos... Cuando no estaba engañando a su esposa con pelirrojas de larguísimas piernas.

Sebastian apretó la mandíbula y apartó la mirada. Las infidelidades de un conocido no eran asunto suyo. Pero entonces ella volvió a reírse, y aquella risa tan despreocupada, tan casquivana, tan condenadamente sensual fue la gota que colmó el vaso. Primero su madre, y ahora aquella mujer... Otra mujer egoísta y ligera de cascos a la que le importaba un bledo el daño que pudiera causar en su búsqueda de placer, los corazones rotos y los matrimonios destrozados que dejaba a su paso.

Una vocecita interior le decía que no era buena idea,

pero solo era un débil susurro comparada con la indignación que le martilleaba el cráneo mientras atravesaba la hierba a grandes zancadas.

–Parece que Alice no ha podido venir esta noche, ¿no, Adrian?

Mari intentó guardar el equilibrio cuando Adrian la soltó bruscamente. ¿Cómo? ¿La había apartado de un empujón?

Pero Adrian no llegó a ver su expresión dolida y perpleja pues tenía puesta toda su atención en el dueño de aquella voz profunda y áspera. Mari giró la cabeza para mirarlo, y antes de asimilar la envergadura de sus hombros, el traje a medida y sus rasgos aristocráticos, sintió el impacto de su poderosa virilidad y se estremeció al encontrarse con su mirada.

La tensión que le atenazaba el pecho se relajó un poco al romper el contacto visual con aquellos ojos negros y penetrantes... Enmarcados en el rostro más increíblemente atractivo que había visto en su vida.

A su lado, el taciturno Adrian, de quien ella se había enamorado al escuchar cómo recitaba poesía con su hermosa y melódica voz, parecía pequeño y anodino. Pero apartó rápidamente aquel pensamiento tan desleal y esperó a que Adrian la presentara.

¿Diría que era su novia? Sería la primera vez. En la universidad tenían que ser extremadamente discretos ya que las relaciones entre estudiantes y profesores no estaban bien vistas, aunque según Adrian eran bastante frecuentes.

De cerca era aún más hermosa, lo que avivó aún más la furia de Sebastian. Sus ojos, abiertos de par en par, eran de un fascinante azul violáceo, sus labios

eran carnosos y exuberantes, y las pecas que salpica-
ban su piel satinada conferían una engañosa inocencia
a su belleza de sirena.

–Señor Seb... Esto... eh... qué...

Sebastian lo dejó sufrir un momento antes de suge-
rir irónicamente:

–¿Qué sorpresa?

–Esto no es lo que parece –consiguió balbucear el
marido infiel mientras se alejaba otro paso de la chica,
tan hermosa e inmóvil que podría haber pasado por
una estatua. La música había cesado y todo el mundo
fingía no prestar atención a la escena mientras agudi-
zaban el oído para no perder detalle.

La chica hizo ademán de acercarse a su amante,
quien levantó una mano para mantenerla a distancia.
Ella se quedó petrificada por el rechazo, con una expresión de dolor y confusión en su bonito rostro. Seb
volvió a pensar en Alice, en la trabajadora y devota
Alice, y se arrancó la semilla de compasión que empezaba a germinar en su cabeza.

–¿Alice... tu mujer... está trabajando u ocupándose
de los chicos? –sacudió la cabeza–. ¿Cómo puede com-
paginar esa mujer su carrera con sus dos hijos y un marido que la engaña?

Mari esperó a que Adrian le dijera a aquel horrible
hombre que había aparecido de la nada como una especie de ángel vengador que todo era un error. Más
tarde los dos se reirían del malentendido cuando estuvieran compartiendo en la cama la botella de champán
que él había encargado.

Pero lo único que se oyó fueron los murmullos de
conmoción de los otros huéspedes. Mari no se atrevió
a mirarlos; podía sentir las miradas hostiles claván-
dose en su espalda.

–No pude evitarlo... Quiero a mi mujer, pero... Por Dios, ¡mírala!

Las esperanzas de Mari se desvanecieron. La acusación del desconocido era cierta. Adrian estaba casado y ella era la otra mujer. Cierto era que no había sabido la verdad hasta ese momento, pero eso no la libraba de una abrumadora sensación de culpa y vergüenza. Nunca en su vida se había sentido tan sola y abatida. Se apretó la mano contra el estómago y respiró profundamente para intentar sofocar las náuseas. ¿Cuándo pensaba decírselo Adrian?

«Después de haberse acostado contigo, estúpida».

Sebastian siguió la dirección que apuntaba el dedo acusador del marido infiel. Aquella pelirroja representaba todo lo que él despreciaba en una mujer, y sin embargo no podía controlar el deseo que ardía en sus venas.

Su cabeza la rechazaba, pero su cuerpo la deseaba. Viéndola como una pieza de porcelana a punto de hacerse añicos, una parte de él quería... consolarla.

¿Por qué, pudiendo tener a cualquier hombre que se le antojara, aquella mujer había elegido a un fracasado que además estaba casado?

–¿Te da igual que tenga mujer e hijos esperándole en casa?

Mari se encogió ante su feroz mirada, paralizada por el remordimiento y la tristeza.

Su silencio avivó la furiosa indignación de Sebastian.

–¿Lo haces por diversión? –dejó escapar un gruñido de disgusto–. ¿O solo porque puedes?

Ella se tambaleó y Seb oyó cómo ahogaba un gemido, además de la retahíla de excusas que brotaban de los labios de Adrian, explicándole a cualquiera que escuchara que no era culpa suya, que él era solamente una víctima.

Irritado, Seb giró la cabeza y fulminó con una mirada glacial al marido infiel, quien tragó saliva y gimió lastimeramente.

—No se lo dirás a Alice, ¿verdad? No hay por qué hacerla sufrir... Esto no volverá a pasar, te lo aseguro.

Sebastian se giró hacia la chica.

—¿Creías que se casaría contigo... o que esto era amor? —soltó un bufido—. ¿Eso lo justificaría?

—Lo siento...

—¿Lo sientes? —exclamó, fuera de sí—. ¿Crees que eso servirá para arreglar las vidas que has destrozado? Sea o no amor, cariño, lo que has hecho te convierte en una ramera de la peor calaña... Ah, y para que lo sepas, los hombres se llevan a las rameras a la cama, pero rara vez se casan con ellas.

Todo lo que le decía era cierto. Y para Mari cada palabra era una daga afilada que se hundía en su corazón.

Ahogó un sollozo y echó a correr.

—¿No le da vergüenza tratar así a una pobre chica? —exclamó una anciana, expresando lo que, a juzgar por las miradas, era la opinión de todos los testigos.

Y lo peor de todo era que Seb, quien seguía viendo aquellos ojos azules, estaba de acuerdo con ellos.

Capítulo 1

MARI no se esperaba que fuera tan fácil, pero hasta el momento su presencia pasaba inadvertida en la calle acordonada. Nadie había cuestionado su presencia entre las otras mujeres mientras intentaba guardar el equilibrio sobre sus altos tacones, temiendo que un tropezón quedara registrado para la posteridad por los fotógrafos que se agolpaban al otro lado de la barrera.

¡Tenía preocupaciones mayores que los tacones!

«Relájate, Mari». Un atisbo de sonrisa asomó a sus labios. Al fin y al cabo solo estaba siguiendo las indicaciones del médico. Pero dudaba que el bienintencionado doctor hubiera pensado en... eso cuando advirtió que no podía agarrar una taza con su temblorosa mano y la echó del hospital durante veinticuatro horas.

–Te avisaremos si hay algún cambio. Vete a casa –la había animado–. Come bien y descansa un poco. Tienes que cambiar de ambiente y ocupar tu cabeza con algo. Ya sé que es difícil, pero no le harás ningún bien a tu hermano si caes rendida. Lo he visto otras veces, te lo aseguro.

Si hubiera tenido fuerzas, se habría echado a reír ante la idea de abandonar a su hermano. Pero el sentido común le dijo que el médico tenía razón, de modo que no protestó cuando él llamó un taxi. Tampoco era que tuviese intención de ausentarse mucho tiempo; tan solo el necesario para darse una ducha y cambiarse de ropa.

Después de ducharse se comió un sándwich sin tener apetito mientras divagaba delante de la televisión encendida. ¿Y si...? Las dudas la asaltaban sin descanso, hasta que el agotamiento hizo mella y empezó a quedarse dormida en el sillón. Pero entonces oyó un nombre que la hizo desperezarse de golpe y subir rápidamente el volumen del televisor mientras una ola de odio visceral barría los restos de la fatiga.

La presentadora de las noticias estaba contando la vida del novio y la novia de lo que se consideraba «la boda del año».

Dios... ¿Había sido aquel día?

Permaneció sentada, invadida por el dolor y el resentimiento, mirando fijamente a la mujer que hablaba por el micrófono mientras se mostraban imágenes de la novia, hermosa y radiante, y del novio, aún más atractivo que ella, mirando con desprecio algo o a alguien al otro lado de la cámara.

Mari sabía todo lo que necesitaba saber de Seb Rey-Defoe y de su novia, y en su opinión estaban hechos el uno para el otro. La novia, Elise Hall-Prentice, una despampanante belleza cuyo salto a la fama se debía a su participación en un reality show.

Aquella mujer era más falsa que Judas y hasta una sabandija tenía más empatía que ella.

Y aquel era su día... Todo sería perfecto para la feliz pareja mientras el pobre Mark yacía en una cama del hospital y ella seguiría siendo virgen. ¿Por qué era todo tan injusto?

Porque la vida era injusta, pensó. Estaba a punto de apagar la tele, que en ese momento emitía las imágenes de los invitados VIP ataviados con túnicas árabes descendiendo de los helicópteros, cuando dejó caer el mando a distancia y abrió los ojos como platos... ¿Y si algo, o alguien, echaba a perder el día perfecto? Se le escapó una carcajada de nervios y entusiasmo... ¿Por qué no?

¿Por qué todo debería ser como quisiera él? ¿Por qué podía pasar por la vida sin que nada lo afectara, protegido por su inmensa fortuna y poder? La vida de Mari y la de su hermano había sufrido un giro dramático por culpa de aquel hombre, quien seguramente se había olvidado de que existían... Tal vez fuera el momento de recordárselo.

El cansancio la abandonó por completo, dejando paso a un propósito claro y decidido. Fue al armario y sacó el vestido azul. Aquel hombre la había humillado en público, y ella iba a pagarle con la misma moneda...

–Disculpa –Mari dio un respingo cuando una joven la tocó en el brazo. Convencida de que llevaba escritas sus intenciones en la cara, esperó con la respiración contenida a que la echaran de allí.

«Y eso será lo que ocurra si no empiezas a creer en ti misma», se reprendió severamente.

–¿Podrías decirme, por favor, de quién es este vestido?

La pregunta la hizo sonreír y se relajó un poco.

–No estoy segura.

La joven la miró como si tuviera un vestidor lleno de modelos de los mejores diseñadores. Nada más lejos de la verdad. Solo tenía otro vestido además de aquella prenda a precio de saldo a la que había arrancado la etiqueta.

El vestido azul de seda dejaba los brazos al descubierto y acababa justo por encima de la rodilla. A Mari le gustaba el corte, sencillo y ligeramente ceñido, y el brillante color cerúleo era casi el mismo que el de sus ojos. La gente le preguntaba a menudo si llevaba lentillas de colores para tener aquel matiz tan espectacular.

−Si tuviera un pelo como el tuyo yo tampoco llevaría sombrero −la joven se fijó en la melena rojiza de Mari y se pasó una mano resignada por el tocado rosa que remataba su rubia y lisa cabellera, antes de volver con el joven alto y ceñudo que la llamaba con impaciencia.

Cuando el hombre vio a Mari, sin embargo, adoptó una expresión más amable y se ajustó la corbata. Mari intentó escabullirse, pero la joven volvió a cortarle el paso.

−¿Te importa que te saque una foto para mi blog?

Antes de que Mari pudiera responder, la rubia ya le había hecho una foto con su móvil.

−¿Quién era esa?

−Creo que es esa modelo... o la actriz que salía en esa película de...

En circunstancias normales los comentarios que provocaba a su paso la habrían hecho reír, pero la situación estaba lejos de ser normal y no podía permitirse la menor distracción.

No solo no era una modelo o una actriz famosa, sino que ni siquiera estaba invitada a la boda...

Es más, ¡iba a frustrar la boda!

Cuántas cosas podían cambiar en una semana...

Una semana antes, Mari escuchaba las penas amorosas de su hermano gemelo sin sospechar que la verdadera desgracia llegaría pocas horas después. En aquel momento lo más grave del mundo para Mark Jones era ser abandonado por la mujer a la que amaba, pues a pesar de su sangre azul y las posesiones de su familia creía no ser lo bastante bueno para una Defoe.

Mari intentó consolarlo como pudo, aunque por dentro sentía un alivio inmenso. Al fin desaparecían las náuseas que le habían revuelto el estómago desde que supo quién era la nueva novia de su hermano.

Que su felicidad la provocara el sufrimiento de su hermano la hizo sentirse terriblemente culpable, pero la verdad era que, desde que existía la posibilidad de encontrarse cara a cara con el hombre que seguía protagonizando sus pesadillas seis años después, había vivido bajo un funesto presagio.

Lo cual no dejaba de ser paradójico, pues durante años había fantaseado con ese encuentro y poder decirle todo lo que llevaba dentro en vez de quedarse callada y recibir los insultos que él le escupía sin piedad... ¡Llegando incluso a disculparse!

Pero por muchas veces que había ensayado su discurso liberador sabía que no era más que una fantasía, y eso la irritaba sobremanera. Se había pasado la vida defendiendo a los más débiles, pero había sido incapaz de defenderse a sí misma y había optado por huir en vez de afrontar la situación.

Aún recordaba aquella fría noche de febrero, sintiendo las miradas reprobatorias de todo el mundo mientras corría a refugiarse en el hotel.

–Ha salido hoy en las noticias. ¿Lo has visto?

–¿A quién? –preguntó, aún pensando en el pasado.

–Sebastian Rey-Defoe.

El nombre, y la admiración con que lo pronunció su hermano, casi la hizo gritar. Admiraba los logros de las personas, pero ¿qué mérito había en heredar dinero y prestigio?

–Hablaban del acuerdo que ha firmado con un país del Golfo Pérsico. La familia real pone el dinero y él pone a los técnicos y asesores para informatizar el servicio sanitario. Se crearán miles de empleos en la zona donde piensan levantar...

–Sacará una buena tajada con todo eso –lo interrumpió Mari.

–Ojalá yo tuviera una mínima parte de su fortuna –se lamentó Mark con un suspiro de envidia.

–¿Qué tiene que ver el dinero? ¿Y qué importa lo que él piense si vosotros queréis estar juntos?

–No sé por qué esperaba que lo entendieras, si tú nunca te has enamorado. Ah, sí, lo tuyo son los hombres casados, ¿verdad?

Mark tenía buen corazón, pero podía ser terriblemente ofensivo cuando sufría por algo. Se desahogaba mediante la palabra para aliviar su dolor, y en Mari tenía un blanco idóneo al conocer mejor que nadie sus puntos débiles.

Era el único que conocía aquel punto especialmente débil. No los detalles, claro, esos jamás los compartiría Mari con nadie. Pero sí había tenido que explicarle lo básico cuando llamó a su puerta a las cuatro de la mañana, después de haber perdido su llave durante el terrible viaje de vuelta desde Cumbria en el que había tenido que cambiar numerosas veces de trenes y autobuses.

–¡Adrian está casado! –había exclamado, llorando, antes de arrojarse a sus brazos.

Pero todo eso formaba parte del pasado, se recordó Mari, y había seguido adelante con su vida.

Por desgracia, no podía olvidar lo ingenua y necesitada que había sido con dieciocho años. ¿Cómo había estado tan ciega para no ver más allá del encanto varonil y la retórica de su profesor?

–Si no estás preparada, Mari, puedo esperar. Entiendo que quieras que tu primera vez sea especial...

Y ella se había desvivido para asegurarle a Adrian que estaba preparada y que le encantaba Lake District. Nunca había tenido novia y sin embargo allí estaba, con aquel hombre guapísimo y sofisticado que parecía salido de un poema de lord Byron y que se enamoraba de ella, Mari Jones.

Ella estaba impaciente por corresponderle como se merecía. Y lo habría hecho... si aquel hombre no hubiera aparecido de repente. Un año después, aquel hombre seguía colmando sus pensamientos. Los duros rasgos deliciosamente esculpidos en su atractivo y aristocrático rostro...

Hasta que abrió una revista en la consulta del dentista y lo vio en una playa de arena blanquísima, demasiado bonita para ser real... como la escultural modelo rubia a la que estaba abrazado.

El hombre que la había humillado en público era Sebastian Rey-Defoe: rico, con talento y nacido en una cuna de oro.

La había hecho sentirse sucia, inmunda y despreciable, y su desprecio le había hecho más daño que el engaño de Adrian. Al menos había tenido ocasión de decirle a Adrian lo que pensaba de él.

Aquel hombre ni siquiera se había molestado en preguntar. Únicamente había dado por supuesto lo peor. Ni se le había pasado por la cabeza que ella pudiera ser una víctima... Y lo habría sido de no haber sido por él. La había salvado de cometer un error fatal y la había convertido en una persona mucho más precavida en lo que concernía a los hombres.

Le había hecho un favor, de acuerdo. Pero involuntariamente. Su propósito había sido acusarla, insultarla y servirla en bandeja a la humillación pública.

El incidente había eliminado la confianza en su buen juicio a la hora de elegir, lo que había supuesto un obstáculo insalvable cuando algún tipo aparentemente honesto quería intimar más de la cuenta.

Cualquier psicólogo le diría que su miedo al rechazo era el resultado de haber sido una niña abandonada, lo cual era una estupidez, ya que Mark había tenido su misma infancia y sin embargo no tenía problemas para enamorarse.

–¿Sabes, Mark? A veces puedes ser un auténtico...

–Lo siento, Mari –arrepentido, se levantó y le dio un abrazo–. Sabes que no lo decía en serio. La verdad es que ni sé lo que digo. Todo iba tan bien... El fin de semana fue perfecto. Era como estar en otro mundo, Mari, ni te lo imaginas. Ella nunca me dijo que su abuelo era un lord, y la casa... Mandeville Hall es una mansión increíble. Al parecer los Defoe llegaron a Inglaterra con Guillermo el Conquistador o algo así, mientras que nosotros... ¿qué somos? –la expresión de envidia y devoción dejó paso a una mueca de pesimismo mientras volvía a sentarse.

–Afortunados. Somos afortunados de haber encontrado una familia adoptiva maravillosa.

A la tercera había sido la vencida...

Al principio eran muchas las parejas ansiosas por adoptar a los preciosos gemelos, cuya aparición en la escalinata de una iglesia había acaparado la atención pública durante al menos cinco minutos. Pero el entusiasmo desaparecía al descubrir que uno de los bebés padecía una grave alergia que le provocaba continuos ataques de tos y unos feos sarpullidos que debían tratarse con medicamentos y pomadas.

Cualquiera habría adoptado con gusto al niño rubio y de mejillas rosadas, pero la ley no permitía separar a los gemelos, y así el niño se quedó con su problemática hermana. Pasaron por dos hogares temporales de acogida antes de ser finalmente adoptados por los Waring, una maravillosa pareja que había llenado una pared de su mansión victoriana con las fotos de todos los niños que habían vivido bajo su techo a lo largo de los años, algunos por un corto periodo de tiempo, otros, como los gemelos, formando parte de la numerosa familia.

–Sí, lo sé –repuso Mark–. ¿Nunca te cansas de ser tan agradecida, Mari, cuando nuestra madre nos abandonó al nacer?

–Seguro que tenía sus motivos.

–Me da igual por qué lo hizo. Lo único que importa es que lo hizo... ¿Sabes que los Defoe pueden remontar su genealogía hasta Guillermo el Conquistador?

Mari soltó un bostezo.

–Sí, Mark, ya me lo has dicho.

–Esa sí que es una historia para estar orgulloso.

La envidia que su hermano mostró irritó profundamente a Mari.

–Yo no me avergüenzo de mi pasado –gracias a sus padres adoptivos.

–Ni yo –protestó Mark–. Pero estaba pensando que quizá podrías hablar con él y hacerle ver que no somos...

–¡Jamás! –exclamó, horrorizada solo de pensarlo.

–Pero...

–Por amor de Dios, Mark, ¡madura de una vez y

deja de gimotear! –las palabras salieron de su boca antes de que pudiera detenerlas.

No era culpa suya, se dijo a sí misma para vencer
los remordimientos. Era culpa de él... Entornó los ojos
e intentó controlar el rencor que la dominaba mientras
entraba en la catedral con una sonrisa. Seguramente
saldría de allí por la puerta trasera y escoltada por uno
de los numerosos guardias de seguridad, pero habría
merecido la pena.

La boda perfecta no sería tan perfecta. El resto de
sus vidas quizá sí, pero, por un momento, por un instante imborrable, sería él quien fuera humillado en público.

–¿Estás seguro de esto?

Seb levantó la mirada del suelo de piedra y la clavó
en su padrino.

–Es broma –aclaró rápidamente Jake–. Ya no hay
vuelta atrás.

–Siempre hay vuelta atrás.

Era difícil ser objetivo, pero Seb creía firmemente
que aquel matrimonio tenía más probabilidades de salir bien que muchos otros supuestamente basados en
el amor y la pasión.

No tenía que mirar muy lejos para ver la prueba.
Sus padres habían disfrutado y seguían disfrutando de
ambas cosas, y solo ellos podían calificar de próspera
su turbulenta e inestable relación. Ellos y la prensa
amarilla, cuyas ventas se disparaban cada vez que la
famosa pareja se casaba o se divorciaba.

Lo único que el atractivo jugador de polo tenía en

común con la hija única de un aristócrata británico era una falta absoluta de autocontrol y una indiferencia total por las consecuencias de sus actos.

No se les podía acusar de no haberlo intentado: se habían casado tres veces, divorciado dos y ambos habían tenido varias aventuras entre medias. Seb había nacido durante su primer matrimonio, y a la edad de ocho años había sido rescatado, como a él le gustaba pensar, por su abuelo materno durante el segundo y corto matrimonio. Su abuelo se lo llevó a vivir con él a Inglaterra sin que la feliz pareja pusiera la menor objeción. Muy aliviados debieron de estar al librarse del niño...

Su hermanastra, Fleur, resultado de una de las aventuras extraconyugales de su madre, nació en Mandeville y fue oficialmente adoptada por su abuelo. Apenas tenía relación con su madre, quien se desentendió de ella cuando solo contaba una semana de vida.

Siempre que debía tomar una decisión se preguntaba qué harían sus padres y automáticamente hacía lo contrario. Y siempre le había funcionado.

Cuando a Seb le preguntaban qué quería ser de mayor, su respuesta había sido tajante: «no quiero ser mi padre».

Con dieciocho años decidió cambiarse el nombre y añadir el apellido de soltera de su madre al de su padre argentino. Fue su manera de agradecerle a su abuelo lo que había hecho por él, y aunque no recibió ninguna muestra de emoción por su parte sabía que el gesto lo había complacido.

Seb había triunfado en devolver la dignidad a la familia. Actualmente, cuando la prensa hablaba de la familia Defoe era para alabar su éxito económico y no para publicar los escándalos e infidelidades de sus padres en primera plana.

Su vida no sería un culebrón. Su matrimonio no sería un circo mediático.

En su lucha por limpiar el nombre de los Defoe se había ganado una reputación de despiadado. Pero, insultos aparte, nadie había podido acusarlo jamás de ser deshonesto o ruin.

No se ofendía cuando lo tachaban de orgulloso. Lo era. Estaba orgulloso de atenerse a sus principios y de haber devuelto el prestigio a su familia. El apellido Defoe era de nuevo sinónimo de seriedad y eficiencia. Y la recompensa a sus esfuerzos había llegado con el increíble contrato que estaba a punto de firmar.

Una oportunidad semejante solo se presentaba una vez en la vida, y aunque no era el motivo por el que se casaba tenía que admitir que el momento no podría haber sido más oportuno. La familia real creía firmemente en los valores familiares y confiaba mucho más en un hombre casado.

Eso no quería decir que el matrimonio fuera a cambiarlo. En absoluto. El éxito de un matrimonio radicaba en ser realista con las expectativas. Naturalmente tendría que respetar el compromiso, pero eso no supondría ningún problema. Seb siempre se había enorgullecido de su autocontrol y no dudaba ni por un segundo de su fidelidad.

No como sus padres.

Le habría gustado que su abuelo hubiera estado allí para ver que el nombre de los Defoe seguiría vivo y que Sebastian había cumplido su promesa. No había sido muy difícil, gracias a los valores que su abuelo le había inculcado.

Él y Elisa estaban en el mismo barco. Los dos compartían los mismos valores y muy rara vez estaban en desacuerdo. Ella también opinaba que la estabilidad y la disciplina eran fundamentales para criar a un hijo, e incluso había accedido a renunciar a su carrera para formar una familia. Seb no sabía nada de esa carrera, pero el gesto lo había conmovido.

Jake empezó a moverse de un lado para otro.

—Odio esperar... ¿Y si...? No, seguro que aparece. No tendrás tanta suerte... Lo siento, no quería decir... Es solo que...

—¿Qué? —preguntó Seb fríamente.

—Es un paso muy grande atarse a una persona para el resto de tu vida.

—Elisa no es dependiente ni pegajosa —dijo con una media sonrisa—. Los dos seguiremos con nuestras vidas como siempre.

Sin dramas, gritos ni cotilleos en la prensa.

—Entonces, ¿por qué casarse? —preguntó Jake—. Perdona, pero ¿eres feliz...?

—¿Feliz? —Seb no se consideraba una persona feliz, y la constante búsqueda de la felicidad siempre le había parecido agotadora. Él vivía en el presente—. Lo seré cuando acabe este día.

El interior de la iglesia era fresco, iluminado por cientos de velas e impregnado con el olor a jazmín y azucenas.

Cuando Mari se detuvo a mitad del pasillo la tensión que llevaba acumulando en el pecho alcanzó el punto crítico. De repente sentía que le faltaba el aire, en medio de todas aquellas elegantes personas que se habían reunido para ser testigos de una celebración, mientras que ella se proponía... «¿Qué estoy haciendo, Dios mío?». Se quedó inmóvil, con la adrenalina corriéndole por las venas, desgarrada entre la necesidad de huir y el deseo de luchar. Pero no podía hacer ni una cosa ni la otra: tenía los pies pegados al suelo y no sentía los miembros.

—¡Puedes sentarte aquí!

La alegre invitación evitó que sucumbiera al ataque de pánico. Respiró profundamente y se giró para ver a una señora con un sombrero muy grande que le hacía señas con la mano.

—Gracias —dijo en voz baja mientras la señora le hacía sitio en el banco. Apenas se había acomodado cuando los dos hombres sentados en la primera fila se levantaron.

—Mi hijo, Jake —dijo la mujer con orgullo de madre—. Nadie lo diría a simple vista, pero es millonario... un genio de los ordenadores. Sebastian y él han sido amigos desde el colegio.

Mari no estaba mirando al hombre rubio, desgarbado y visiblemente incómodo que saludaba a su madre. Toda su atención estaba puesta en la figura que tenía al lado, de pelo oscuro, recio cuello y anchos hombros. Estaba de espaldas a los invitados, frustrando el deseo de Mari de verle la cara.

Cuando los asistentes se levantaron, Mari tardó unos segundos en reaccionar. Le temblaban las piernas, tenía la garganta seca y se sentía al borde de un precipicio, incapaz de dar el salto.

Se sacudió mentalmente. En una ocasión había huido y había lamentado profundamente su cobardía. ¡No volvería a cometer el mismo error!

Momentos después, la novia pasó junto a ella envuelta en encaje y satén, pero Mari fue la única persona en la iglesia que no giró la cabeza para admirarla.

—Puedes hacerlo, puedes hacerlo... —se animó a sí misma entre dientes.

La señora del sombrero se arrimó a ella.

–¿Estás bien, querida? –le preguntó, usando el enorme sombrero como abanico.

–Sí, muy bien –respondió ella con una débil sonrisa, y justo entonces empezaron los novios a intercambiar los votos–. ¡Por fin! –susurró.

Al oír por primera vez la voz de su enemigo sintió una ola de rabia que barrió las pocas dudas que le quedaban.

Cuando más tarde intentó recordar la secuencia de los acontecimientos que precedieron a su intervención no consiguió ponerlos en pie. No supo cómo acabó de pie en el pasillo de la iglesia, pero sí recordaba perfectamente cómo abrió la boca dos veces sin que saliera el menor sonido.

A la tercera fue la vencida...

–¡Sí! ¡Yo me opongo!

Capítulo 2

MARI se quedó tan atónita como los doscientos invitados que la escucharon gracias a la formidable acústica del edificio.

–¡Me opongo! –repitió con una voz tan fuerte que resonó en las paredes como una explosión sónica–. ¡Me opongo por completo!

Había conseguido ser el centro de atención, y lo sería hasta que los guardias de seguridad se le echaran encima como en un partido de rugby o fuera internada como establecía la Ley de salud mental. ¿Cómo era... un peligro para una misma o para los otros? Solo había una persona para la que Mari quisiera ser un peligro, una persona que...

«Concéntrate, Mari. Tienes tu momento... No lo dejes pasar».

–¡Él...! –su segunda pausa dramática no fue intencionada. La última persona, la única que aún no se había girado, lo hizo y sus ojos se encontraron con los de Mari.

Lo único que pudo pensar fue... ¡Peligro!

Seguía siendo igual a como lo recordaba: orgulloso, arrogante, con aquella nariz recta, aquellos pómulos marcados y aquellos labios crueles y sensuales.

Lo que había olvidado era la humillante reacción de su cuerpo a la poderosa sexualidad que él irradiaba. Un hormigueo la recorrió de la cabeza a los pies y le hizo endurecer los músculos del vientre. Exactamente igual a seis años atrás.

La vergüenza la invadió y por un instante casi olvidó lo que la había llevado hasta allí. Rápidamente levantó el mentón y sofocó la sensación que le abrasaba el estómago. Estaba allí para darle a probar su propia medicina y comprobar hasta qué punto le gustaba ser humillado en público.

Pero lo último que él parecía era humillado. Lejos de reflejar turbación o embarazo, sus ojos eran los de un águila mirando a su presa.

No... ¡Ella no era ninguna víctima! Esa vez no. Agachó la cabeza, cerró los ojos y respiró profundamente para recomponerse. Con el corazón desbocado, volvió a levantar la cabeza y lo apuntó con un dedo.

–No puedes hacer esto, Sebastian –se apretó la mano contra el vientre–. Nuestro hijo necesitará un padre –al decirlo no pudo evitar acordarse de su propio padre. ¿Dónde estaría en esos momentos?

La mujer había acaparado la atención desde que abriera la boca, pero sus últimas palabras hicieron que todas las miradas se desviaran hacia él. Ni siquiera tuvo tiempo para recuperarse de la conmoción que había sufrido al verla, pero consiguió mantener una expresión impávida mientras por dentro seguía temblando.

Vio que ella movía los labios: «¿Sabes quién soy?».

¿Que si sabía quién era? En otras circunstancias se habría echado a reír por una pregunta tan absurda. Podía contar con los dedos de una mano las veces que había perdido el control, y jamás podría olvidar aquella ocasión en particular... y a la mujer responsable.

Pero, aunque hubiera podido borrar el desagradable

incidente de su memoria, siempre se le quedaría gra-
bada en su cuerpo la reacción que experimentó ante
aquella mujer.

Nunca, ni antes ni desde entonces, había sentido
algo parecido.

¿Provocaría ella la misma reacción en todos los
hombres? Hombres que, a diferencia de él, eran inca-
paces de ver aquella reacción como una debilidad.
Hombres que eran esclavos de sus deseos. Hombres
que carecían del autocontrol gracias al cual Seb no había acabado siendo igual que su padre.

Bajó la mirada y la recorrió lentamente, desde los
rizos de fuego que enmarcaban su perfecto rostro ovalado hasta sus interminables piernas y las voluptuosas
curvas enfundadas en aquel vestido azul que rozaba la
legalidad.

El deseo carnal, la reacción menos apropiada dadas
las circunstancias, lo devolvió de golpe a la realidad
y lo hizo explotar de furia.

–¿Qué demonios crees que estás haciendo? –espetó,
mientras por el rabillo del ojo advertía la conmoción
en la fila reservada a la comitiva real. Se avecinaba
un desastre de proporciones bíblicas. ¿Dónde se habían metido los guardias de seguridad y por qué le
habían permitido la entrada?

La sonrisa provocativa de la mujer hizo que diera
un involuntario paso adelante, cegado por la ira.

–¡Ahora ya sabes lo que se siente! –remachó Mari
bravuconamente, cuando en el fondo todo aquello le
parecía surrealista.

Lo último que vio antes de perder el conocimiento,
algo que nunca le había sucedido, fueron aquellos im-
placables ojos oscuros atravesándola con una intensidad abrasadora.

Antes de verla caer al suelo, Seb pensó que su desmayo era tan falso como el resto de la escena.

Pero al ver que no se movía pensó que quizá se hubiera golpeado la cabeza... privándolo del placer de hacerle tragar sus palabras. Por desgracia, ninguna retractación pública podría arreglar la hecatombe. Seb había empleado muchos años en convertir el apellido Defoe en una marca que inspirase confianza, y a aquella mujer le habían bastado unos segundos para destruirlo todo.

Y él que había pensado que la ausencia de sus padres, quienes no habían querido interrumpir su crucero para asistir a la boda de su hijo, garantizaría una ceremonia libre de escándalos...

Los segundos pasaban lentamente con todos los presentes conteniendo la respiración, hasta que Seb sucumbió al impulso de actuar. ¡Alguien tenía que hacer algo!

¿Y por qué tenía que ser él?, se preguntó una voz en su cabeza. Al menos su abuelo no estaba allí para verlo, pensó mientras deslizaba un brazo bajo las piernas de la mujer y otro alrededor de su espalda. Se preguntó cuántos móviles y cámaras estaban capturando el momento. La gente empezaba a removerse en sus asientos y los murmullos ahogaban el débil gemido de la mujer que levantaba en brazos. Sus cabellos se propagaban como una llamarada descontrolada. Seb se apartó un mechón de la boca y le miró la cara, preguntándose cómo algo tan hermoso podía causar tanto daño.

Ella movió los párpados, sin abrir los ojos, y pronunció un nombre. ¿Mark?

¿Sería otra víctima?

En su estado inconsciente casi parecía vulnerable,

nada que ver con la reina del drama que había sido momentos antes.

¿Por qué lo había hecho?

«Ahora ya sabes lo que se siente». Sonaba a venganza, pero ¿quién esperaba seis años para desquitarse? Las posibilidades se arremolinaban en su cabeza mientras recorría el pasillo hacia su novia, conteniendo a duras penas la furia que le martilleaba el cráneo y con una bruja pelirroja que olía a flores.

–¡No te muevas! –le ordenó en voz baja cuando ella se retorció y aplastó sus pechos contra el torso de Seb.

Su expresión se suavizó cuando llegó junto a Elise, pero sintió una punzada de culpa por no haber pensado más en ella. La pobre Elise... Si para él era una situación embarazosa, no se podía ni imaginar cómo debía de estar sintiéndose ella bajo el velo. Seb habría entendido que se pusiera hecha una furia, pero su novia hacía gala de una dignidad impecable... no como la mujer que acababa de echar por tierra el trabajo de tantos años. Y a él no se le ocurría otra cosa que imaginársela desnuda...

–Lo siento –la disculpa coincidió con un silencio general en la iglesia, permitiendo que todos oyeran la admisión de culpabilidad.

Genial... Apretó la mandíbula con frustración y miró a la mujer que lo había ridiculizado ante cientos de personas.

–Yo no –susurró ella. Lo miró fijamente con sus increíbles ojos azules, antes de volver a cerrarlos y acurrucarse contra su pecho.

«Lo lamentarás», pensó Seb. Cada vez le costaba más controlar sus hormonas, que solo respondían al apetitoso cuerpo femenino que tenía en brazos.

Sintió la mirada fulminante de Elise a través del

velo. No siempre apreciaba su compostura como debería, y pidió disculpas en silencio por haber deseado que mostrase un poco más de espontaneidad. El noventa y nueve por ciento de las mujeres en su lugar se habrían puesto histéricas.

—La puerta, Jake.

Su padrino, que estaba a su lado, pareció salir de un trance y abrió la puerta a su derecha para que pasara Seb.

—Ocúpate de Elise —le pidió él—. Llévala... donde sea y dile que no tardaré. Ah, y avisa a un...

—Tenemos tres médicos aquí. ¿Algo más?

—¿Alguno de ellos es psiquiatra? —masculló, y respondió con un asentimiento a la mano que se cerraba en su hombro—. Padre, ¿hay algún sitio donde pueda...?

—Por aquí.

Siguió al sacerdote hasta una pequeña antecámara y dejó a la inconsciente pelirroja en el sofá. Poco después llegaron Jake y uno de los invitados.

—Este es Tom, el novio de Lucy. Es cirujano traumatólogo.

A Seb no le interesaban las credenciales del médico. Apartó los ojos de la chica y le estrechó la mano al hombre.

—¿Te importa echarle un vistazo? —se giró hacia su padrino—. ¿Dónde está Elise?

—¿De cuánto tiempo está? —la pregunta lo hizo girarse de nuevo hacia el médico.

«Vete acostumbrando, Seb», se dijo con la mandíbula apretada. Si perdía el control, aquella mujer se saldría con la suya.

—No lo sé. Esta mujer es... —se detuvo antes de decir que era una completa desconocida—. Está delirando.

Se volvió hacia su padrino sin importarle que el médico lo creyera o no para que le indicara dónde podía encontrar a Elise.

La habitación era más grande y mejor amueblada que la que acababa de abandonar. Su novia se había echado el velo hacia atrás y estaba de pie ante la ventana, hermosa y digna.

Su madre, una mujer a la que Seb nunca le había tenido cariño, estaba sentada en una silla. Dejó de hablar cuando él entró, pero la palabra «abogado» quedó suspendida en el aire.

–Sandra... –agachó ligeramente la cabeza.

–¡Nunca me había sentido tan humillada en mi vida! –exclamó ella.

«Qué me vas a contar», pensó él, y se giró hacia su novia para ver cómo sonreía.

–Eres formidable... Lo primero, nada de lo que ha dicho esa mujer es cierto.

Sandra emitió un bufido.

–Madre, no estás siendo de ayuda –la reprendió Elise con una expresión dolida, antes de volver a sonreír–. Por favor, Seb, las explicaciones no son necesarias. Confío totalmente en ti para arreglar esta... situación.

–Todo el mundo tiene un precio –masculló su madre.

–Gracias, Sandra –respondió él con sarcasmo–. Pero no he hecho nada por lo que tenga que pagar.

–Madre, Sebastian puede ocuparse de esto...

–Ha permitido que ocurriera.

Seb ignoró la acusación.

–¿Tú me crees, Elise?

Ella apartó la mirada.

–Creo que no importa si las acusaciones de esa mujer son ciertas o no, Sebastian.

–Te estás tomando muy bien la posibilidad de que haya abandonado a otra mujer después de dejarla embarazada.

–¿Prefieres que haga de novia dolida y traicionada? –preguntó ella con una sonrisa.

Él miró la mano que le había puesto en el brazo y al cabo de unos segundos ella la apartó y se ruborizó.

–A ninguno nos gustan las escenas, pero por la forma en que te estás comportando cualquiera pensaría que esperabas que yo montase una escena.

Buena observación, pensó él.

–Podría hacerlo –continuó ella–, pero ¿adónde nos llevaría? Soy realista, los dos lo somos. Tenemos que volver ahí fuera, poner buena cara y demostrarle al mundo que somos un equipo... Estas cosas ocurren, y lo importante ahora es que esa chica no abra la boca.

Seb sintió que por primera vez veía algo que había estado delante de sus narices todo el tiempo. Sacudió la cabeza, pero no consiguió aclararse la visión.

–¿Cómo esperas que haga eso?

Elise perdió su máscara de serenidad y se puso a chillar.

–¡Por amor de Dios, no seas tan obtuso! ¡Arrójale un puñado de billetes, que tienes de sobra! Este es mi día y no voy a permitir que... –respiró hondo y bajó la voz–. No voy a permitir que nada ni nadie lo eche a perder, y menos una golfa a la que has dejado embarazada.

–A ver si lo he entendido... ¿Pasarás por alto mis indiscreciones y a cambio esperas que te devuelva el favor?

Ella parpadeó y abrió los ojos como platos.

–Es obvio, Sebastian. No creía que hiciera falta explicarlo.

Él sonrió burlonamente.

—Creo que a mí sí me hacía falta... —se giró hacia Sandra—. ¿Te importaría dejarnos solo?

—No voy a...

—Largo de aquí —en una reunión de negocios su tono amenazador no habría sorprendido a nadie, pues por algo lo precedía su reputación, pero las dos mujeres se quedaron boquiabiertas.

Seb esperó a que Sandra saliera y se giró hacia su novia.

—¿No estás enamorada de mí?

—¿Insinúas que no te satisfago en la cama?

—No me refiero al sexo. Estoy hablando de... —se detuvo. Era un tema en el que estaba aún menos cualificado que Elise—. No lo digo como una crítica, porque yo tampoco estoy enamorado de ti. No creía que fuese un problema, pero he descubierto que quiero más de lo que tú puedes darme —no quería una devoción ciega ni una pasión salvaje, sino una mujer a quien le importara mínimamente que su marido la engañara.

—Algo más... ¿Un trío? Soy de mente abierta, Sebastian.

«Y yo soy muy rico», pensó con una mueca de disgusto.

—¿Qué tendría que hacer, Elise, para que me vieras como alguien inaceptable?

—¿Por qué te comportas como si fuera yo la que ha hecho algo malo?

—Tienes razón —admitió pesadamente. Se había equivocado. Elise le había parecido la esposa y madre perfecta y él no se había molestado en mirar más allá de la superficie—. Es culpa mía. No creo que pueda casarme contigo.

Una fea expresión de asombro e indignación contrajo el rostro de Elise al ver cómo se desvanecía su futuro pintado de oro.

–¿Me estás dejando?

–Sí, supongo que sí.

Seb había cometido muchos errores en su vida, pero cuando salió de la habitación y cerró la puerta tras él se dio cuenta de que había estado a punto de cometer el peor de todos.

En teoría, una mujer a la que le importara un bledo lo que hiciera el marido siempre y cuando la colmara de lujos y regalos sería la esposa perfecta para un determinado tipo de hombre, y él había creído serlo.

Pero al parecer no lo era.

Podía aceptar muchas cosas, o muchas carencias, en un matrimonio... pero no la falta de respeto mutuo.

Capítulo 3

SEB! –los tacones de Fleur Defoe resonaban en el pasillo de piedra en sus prisas por alcanzar a su hermano.

–Ahora no, Fleur.

Su hermana lo agarró del brazo, jadeando por la carrera y rebosante de preocupación y curiosidad.

–¿Qué ocurre?

Seb esbozó una sonrisa irónica y se apoyó en la pared.

–Ojalá lo supiera.

¿Se había enterado ella de la boda y había decidido boicotearla? ¿O estaba actuando por encargo de alguien? A Seb no le faltaban enemigos, y más de uno estaría encantado de cortar sus relaciones con la familia real.

–La gente se está haciendo preguntas, Seb.

Él arqueó las cejas.

–Y respondiéndolas, supongo.

–Se preguntan si va a celebrarse la boda.

–O puede que esté loca, sencillamente –murmuró él, apartándose de la pared y reanudando la marcha.

–¿Qué?

–No, no va a haber boda –respondió mientras se quitaba la corbata.

–¿Estás bien?

–Sí –¿sería casualidad que las negociaciones con Medio Oriente se encontraran en una fase extremadamente delicada? La familia real era relativamente progresista y de mente abierta, pero media docena de sus miembros habían asistido al escándalo...

Intentó no rememorar la escena, pues no podía permitirse perder los nervios. Necesitaba tener la cabeza despejada para salvar el contrato de su vida, y para ello necesitaba atenerse a los hechos y saber que no lo esperaban nuevas sorpresas... Ya habría tiempo para encargarse de la pelirroja, o incluso de besarla, pensó al recordar sus carnosos labios.

Una imagen de su rostro apareció en su mente. Era increíble lo bien que la recordaba después de tanto tiempo.

–¿Cómo la conociste? –le preguntó Fleur.

–¿A quién?

–A Mari, la hermana de Mark.

Seb se detuvo y se giró hacia su hermana, quien tuvo que frenar en seco para no chocarse con él.

–¿Mark? ¿El chico del mes pasado...?

Frunció el ceño al recordar los rasgos del joven. Los amiguitos de Fleur eran todos iguales, pero aquel se había mostrado especialmente ansioso por dar una buena imagen. Con una sonrisa infantil que seguramente le daba buenos resultados, había hecho el ridículo al intentar vender su última aventura empresarial.

–Lo dices como si saliera con un chico cada... De acuerdo, lo admito –concedió su hermana con una mueca–. No duramos mucho. Corté con él cuando empezó a hablar demasiado en serio. Esa mujer, Mari, es su hermana melliza.

–¿La conoces?

–No, pero él me enseñó algunas fotos, y un pelo

como el suyo es inconfundible... Pero ¿por qué me lo preguntas? Deberías saberlo si te has...

–¡No me he acostado con ella! –exclamó Seb.

–¿En serio? –su hermano la fulminó con la mirada y ella levantó las manos en un gesto de rendición–. Está bien, te creo.

La única que lo creía, pensó él amargamente.

–¿Por qué no?

–¿Por qué no qué?

–¿Por qué no te acuestas con ella? Es una mujer muy atractiva...

–Hasta hace unos minutos estaba comprometido, y solo vi a esa chiflada una vez, hace seis años.

Fleur abrió los ojos como platos.

–¿Seis...? Vaya, sí que debiste de causarle impresión. ¿Se puede saber qué le hiciste?

No lo que le hubiera gustado hacerle, desde luego.

–Se comportaba como si te odiara a muerte, Seb.

–Tú también te has dado cuenta, ¿no?

–No parecía que estuvierais juntos. No es tu tipo de mujer, ¿verdad?

–Supongo que lo dices porque está loca de remate... ¿La familia de tu novio tiene problemas mentales o qué?

–No es mi novio, pero no conoce a su familia... A él y a su hermana los encontraron abandonados en la puerta de una iglesia. Él tenía cortes por todo el cuerpo. La noticia causó un gran revuelo en su día.

–¿No saben quiénes son sus padres?

–No, solo se tienen el uno al otro, un poco como nosotros.

Las voces de los hombres penetraron en la niebla que envolvía a Mari. Era una sensación confusa pero reconfortante. Sabía que se despejaría de un momento a otro, y ella preferiría seguir así.

–¿Está despierta?

Mari mantuvo los ojos cerrados, pero vio el destello de luz a través de los párpados. Deseó que alguien abriera una ventana, porque el olor a incienso y a crisantemos hacía casi irrespirable el aire. El hombre que había hablado tenía una voz tan grave y profunda que le erizó los pelos de la nuca.

–Sí, solo ha sufrido un desvanecimiento. Afortunadamente cayó sobre el sombrero de alguien.

–Gracias, ya me ocupo yo.

–¿Estás seguro, Seb? Puedo quedarme y...

Mari no oyó el resto de la conversación en voz baja, pero sintió el aire fresco en la cara al abrirse y cerrarse una puerta.

–Puedes levantarte. Sé que estás fingiendo.

La voz sonaba cansada y aburrida, pero Mari se indignó. No estaba fingiendo nada.

–¿Qué estoy haciendo aquí? –preguntó, girándose lentamente hacia la voz. Tenía la cabeza sobre una almohada y estaba tendida sobre una superficie dura y polvorienta.

Apretó los dientes y abrió los ojos. Le costó un enorme esfuerzo separar los párpados, así como enfocar la vista en el hombre que le hablaba. Estaba de pie ante una ventana, recortado contra la luz que se filtraba por la vidriera de colores.

Pero no le hacía falta el efecto lumínico para parecer arrebatadoramente atractivo. La imagen de su ancha frente, sus pómulos marcados y sus labios sensualmente esculpidos era impresionante, pero era la dura intensidad de su mirada lo que la hizo encogerse de miedo.

–Me lo has quitado de la boca –repuso él.

Entonces lo recordó todo y comprendió la razón de su miedo. Lo había hecho. Lo había hecho de verdad...

Debería sentirse eufórica por haberle dado su merecido a aquel hombre tan ruin y despreciable. Pero descubrió que la venganza no era tan gratificante como había imaginado. Intentó mantener la calma y se mojó los labios con la lengua.

–¿No deberías estar casándote? –la virilidad que desprendía resultaba mucho más escalofriante en la habitación cerrada.

–Debería, sí.

Se había quitado la corbata y abierto el cuello de la camisa, y Mari apartó la mirada de la piel morena que quedaba a la vista, disgustada con sus alteradas hormonas.

–¿Quieres decir que no...?

–La boda se ha cancelado. ¿No era ese el plan? –le preguntó arqueando una ceja.

Ella cerró los ojos para protegerse de su mirada inquisidora. Aparte de querer humillarlo igual que había hecho él, no había pensado mucho en lo que estaba haciendo. Tenía un vago propósito de destrozarlo, o al menos de demostrarle lo que le ocurría a quien jugaba con los gemelos Jones.

Pero el hombre que tenía delante no parecía destrozado en absoluto. Era frío como el hielo. Mari respiró profundamente y se incorporó en el sofá.

–La verdad es que no.

–Entonces, ¿qué esperabas exactamente?

Ella se encogió de hombros. «Buena pregunta, Mari».

–¿No se te ocurrió pensar en las consecuencias? –insistió él con el rostro endurecido.

–No imaginé que ella dejara escapar a alguien tan

rico como tú –oyó cómo ahogaba un gemido y lo miró con expresión desafiante–. Y no me lamento por ello.

–Eso ya lo has dicho, pero puede que cambies de opinión –lo dijo en tono afable, pero la tácita advertencia le provocó a Mari un escalofrío.

Seb no había creído posible que se pusiera aún más pálida, pero así fue. Su piel clara era fascinante... ¿O quizá era solo una impresión suya? Apartó el pensamiento, molesto consigo mismo. Admitir que había una grieta en su autocontrol sería admitir una debilidad, y él siempre se había enorgullecido de mantener la sangre fría con las mujeres.

Ella levantó la barbilla, redonda y con un sugerente hoyuelo, y lo miró con un brillo desafiante en sus expresivos ojos azules.

–¿Eso es una amenaza?

Seb vio cómo arqueaba una ceja. Todas sus facciones eran exquisitamente delicadas, salvo su boca. Terriblemente provocativa...

–Es una pregunta retórica –aclaró ella–. No soy tonta. Si vas a hacer que me detengan, adelante –le ofreció las manos cruzadas por las muñecas.

Seb las miró durante unos instantes.

–Las esposas no son lo mío. ¿Son lo tuyo, quizá?

¿Qué sería lo suyo?, se preguntó Mari. Las posibles respuestas la abrasaron por dentro.

Avergonzada, fijó la vista en sus manos y en sus largos y elegantes dedos que continuaban ejerciendo una peligrosa fascinación en ella.

–Tienes una mente muy sucia... –«igual que tú, Mari»–. Sabía que eras de ese tipo de hombres.

Lo que no había tenido tan claro hasta ese momento era hasta qué punto podía desbocarse su imaginación. Si hubiera sido cualquier otro hombre habría sido un alivio. Cada vez estaba más convencida de que, si bien no era frígida, no sabía nada sobre el sexo. Una vida de celibato era mil veces preferible a sentirse atraída por hombres como él...

–Parece que te hace feliz tener razón, pero también podría ser un golpe de suerte... Podrías haber representado tu escena y luego haber descubierto que era una persona amable y bondadosa. La verdad es que me siento halagado por causarte una impresión semejante hace seis años.

Ella soltó una brusca risotada y apoyó los pies en el suelo.

–Te recuerdo igual que me acordaría de haber tomado una dosis de veneno –el pelo que le caía ondulado hacia delante cautivó la mirada de Seb hasta que ella se puso a mirar bajo el sofá–. ¿Dónde están mis zapatos? Quiero irme a casa.

–¿Así de simple?

Mari intentó reprimir el escalofrío que le recorrió el cuerpo.

–¡No puedes impedírmelo! –se mordió el labio y lo miró furiosa.

–Creo que al menos me debes una explicación, ¿no?

–¡No te debo nada!

–¿De verdad crees que puedes irte como si nada después de lo que has hecho? Piénsalo bien –le sugirió. Se acercó a la ventana, donde una mariposa se chocaba impotentemente contra el cristal, y la abrió para que el insecto volara hacia la libertad–. ¿Te ha metido alguien en esto?

Mari parpadeó con asombro. Había algo hipnótico en la forma en que se movía.

–No sé de qué hablas... Ah, ya, tú eres de esos que

ven conspiraciones por todos lados –sonrió–. Creo que se conoce como paranoia.

–¿Esperas que me crea que después de seis años decidiste vengarte de mí solo por haberte arruinado el fin de semana con tu amante casado? –puso una mueca al pensar en Adrian, exmarido de la doctora–. Espero que el tiempo y la experiencia hayan mejorado tus gustos.

Mari volvió a reírse para camuflar su indignación y su vergüenza.

Experiencia... Algún día tal vez conociera a un hombre dispuesto a ir a su ritmo, pero era más probable que le tocase la lotería.

–¿Solo? –gritó–. ¡Será culpa tuya que nunca vuelva a...! –cerró la boca y los ojos, horrorizada por lo que había estado a punto de soltar. Una manera mejor de vengarse habría sido mandarle las facturas del psiquiatra.

Que el único hombre con el que deseara acostarse fuera él no decía mucho sobre su salud mental.

Él arqueó una ceja.

–¿Nunca...?

Ella sacudió fuertemente la cabeza e intentó deshacer el nudo que le oprimía la garganta.

–Tú lo empezaste. Te atribuiste el papel de juez, jurado y verdugo cuando decidiste ponerme en ridículo delante de...

–De un puñado de personas que no te conocían, nó de cientos que me conocían a mí. Como venganza me parece un poco exagerada. Puede que no te gustara lo que te dije, pero era la verdad.

–¡Era tu verdad! –exclamó ella con ojos llameantes. No había cambiado nada... seguía siendo el mismo cretino crítico.

–Cariño, no creo que seas la más indicada para hablar de honestidad cuando te pones en pie delante de todos y sueltas una mentira por tu bonita boca –bajó la mirada al vientre plano–. ¿De verdad estás embarazada?

–¿Cómo te atreves?

–¿Atreverme? –repitió él con una risa incrédula–. Me dices delante de cientos de personas que soy el padre de tu hijo... perdóname por ser insensible, ¡pero claro que me atrevo! ¿No te das cuenta de que bastaría una simple prueba de ADN para desmontar tu acusación? Y, si sigues adelante con esto, mis abogados harán que lo pagues muy caro e impedirán que se publique ni una palabra en la prensa. Y te advierto que no respondo bien al chantaje.

–Ni yo a las amenazas –replicó ella–. ¡Y no estoy embarazada! Si lo estuviera, tú serías el último hombre de la tierra al que quisiera como padre de mi hijo.

–¿No estás embarazada? –preguntó él sin ofenderse.

–No quiero tener hijos –respondió ella sin pensar.

–¿No tienes vena maternal?

Mari sabía muy poco sobre la vena maternal, pero sí sabía que había muchos niños sin hogar y muy pocas personas dispuestas a ofrecérselo. Hacía mucho que había tomado la decisión de que, si alguna vez tenía un hijo, sería un niño adoptado.

–No puedes evitarlo, ¿verdad? Te encanta juzgar a las personas.

–No ha sido una crítica –respondió él. Al menos era honesta, pensó mientras endurecía la expresión al pensar en la despedida de Elise: «Crees que lo sabes todo, ¡pero no tenía intención de quedarme embarazada y echar a perder mi figura!».

Sus miradas libraron un duelo silencioso que duró hasta que llamaron a la puerta.

Mari giró la cabeza y vio entrar a la chica a la que Mark amaba. La foto de su móvil mostraba su belleza pero no la vitalidad ni la picardía que brillaban en sus ojos marrones.

–Té con azúcar y un sándwich, es todo lo que he podido traer.

Seb le quitó la bandeja y la dejó en el alféizar de la ventana.

–Hola –la chica saludó a Mari con la mano–. ¿Cómo está Mark?

La inesperada pregunta traspasó a Mari como un cuchillo afilado.

–Todo lo bien que podría estar –un sonido a medias entre un sollozo y una risotada escapó de sus labios–, teniendo en cuenta que se estrelló contra una farola y que nunca más podrá volver a caminar.

Fue como si todo sucediera a cámara lenta. El bonito y radiante rostro de la chica se contrajo en una mueca de espanto, pero, antes de que sus grandes ojos marrones se llenaran de lágrimas, su hermano la abrazó y la sacó de la habitación. La mirada que le echó a Mari antes de salir no prometía nada bueno, y ella pensó que quizá se lo tuviera merecido.

La puerta se quedó entreabierta y Mari podía oír las voces, pero no lo que estaban diciendo. Miró alrededor, sintiendo el escozor de las lágrimas y un nudo en la garganta. Las paredes blancas estaban desnudas, salvo por un par de candelabros con velas a medio consumir. Aparte del sofá donde estaba sentada, el único otro mueble era una silla. Se puso rígida cuando la puerta se abrió y cerró sin hacer ruido. Él lo hacía todo con sigilo, como un gato acercándose a su presa.

Se detuvo ante la cama y esperó en enervante silencio. Así transcurrieron veinte agobiantes segundos, hasta que Mari no pudo soportarlo más. O decía algo o se pondría a gritar.

—No era mi... —no había ido allí para disculparse, pero era cierto que no pretendía hacerle daño a la chica. Lo único de lo que Fleur Defoe era culpable era de tener un hermano desalmado y manipulador—. No era mi intención castigar a tu hermana —se mordió el interior de la mejilla, invadida por una ola de culpa—. ¿Está bien?

A Seb le costó dominar su furia. ¿Cómo se atrevía aquella mujer a fingir preocupación?

—¿Por qué te importa tanto? Mira, a mí puedes atacarme si quieres. Sé cuidar de mí mismo —se acercó y bajó la voz a un murmullo amenazador—. Pero si le haces algo a mi hermana lo lamentarás.

Solo el orgullo impidió a Mari retroceder ante la fría amenaza de sus ojos.

—No quería hacerle daño a tu hermana, ¡quería hacértelo a ti!

Estaba siendo demasiado honesta, pensó mientras esperaba nerviosamente su reacción. Que él se limitara a arquear una ceja le resultaba más desconcertante que tranquilizador.

Era difícil conservar la dignidad estando descalza y con aquel vestido ceñido a sus caderas.

—No creí que ella te dejaría.

—¿Eso es una disculpa?

—No, es... —se detuvo y lo miró con asombro—. ¿Lo has hecho antes... pero de verdad?

Su expresión se cubrió de gélido desdén.

—Puede que las compañías que frecuentas lo hagan, pero hay personas que no engañan a sus parejas.

«¿Y tú sí?», se preguntó ella, mirando cómo él se sacaba el móvil del bolsillo. Escribió algo rápidamente y volvió a guardárselo.

–No tengo mucho tiempo.

–No dejes que yo te entretenga.

Él volvió a mirarla fijamente.

–¿Es cierto lo que dijiste de tu hermano?

La pregunta ofendió a Mari.

–¿Por qué iba a mentir sobre eso?

–¿Por qué ibas a mentir sobre que yo soy el padre de tu hijo?

–Ya te lo he dicho.

–Sí, ya, para aguarme la fiesta, ¿no? –ladeó la cabeza y batió las palmas–. Pues ni te imaginas hasta qué punto lo has conseguido –bajó las manos y la escrutó intensamente con la mirada–. ¿Qué le pasó exactamente a tu hermano?

Mari tragó saliva y parpadeó fuertemente para contener las lágrimas.

–Puede quedarse postrado en una silla de ruedas el resto de su vida –no era la peor posibilidad, pero Mari no quería pensar en ello–. ¿Por qué lo preguntas? Te importa un pimiento lo que le pase, ¿verdad?

–No le desearía eso a nadie –respondió él, preguntándose cómo reaccionaría si estuviera en lugar del otro hombre. Ojalá nunca tuviera que descubrirlo.

Ella soltó una amarga carcajada.

–¿Ni siquiera al hombre que no era lo bastante bueno para casarse con tu hermana?

–¿Casarse? –repitió él con el ceño fruncido.

–No te molestes en fingir... Sé lo que hiciste.

Seb respiró profundamente para controlarse. Cada vez que ella abría la boca crecía el deseo de agarrarla, pero si le ponía las manos encima...

Lo había sabido desde el momento que la vio en la iglesia. Deseaba a aquella mujer, y si la tocaba estaría perdido.

–No tengo ni la menor idea de lo que estás hablando.

–Estaban enamorados –se quedó momentáneamente distraída por el músculo que se contraía y relajaba en la mejilla de Sebastian. Aquel hombre debería llevar una señal de advertencia para que las mujeres no se vieran arrastradas a su campo magnético–. Tú... tú los separaste porque eres un esnob que se permite juzgar a quien no conoce. ¡No tienes corazón!

Escupida la acusación, bajó la mirada a su pecho y se imaginó posando la mano sobre su piel cálida y sintiendo los latidos de su corazón. Rápidamente sacudió la cabeza para borrar la imagen y la reacción que le provocaba.

Él arqueó las cejas. Era mucho más atractiva cuando daba rienda suelta a su temperamento.

–Si estuvieran enamorados habría sido imposible separarlos. ¿No dicen que el amor todo lo puede?

Seb era inocente, pero en el fondo sabía que, si hubiera habido una posibilidad real de que Fleur se casara con aquel insípido joven, él habría hecho lo que fuera por impedirlo. Le gustaba creer, sin embargo, que habría sido más sutil.

Al pensar en la reacción de Fleur a una prohibición por su parte le hizo esbozar un atisbo de sonrisa.

Al verla, Mari sintió que volvía a arderle la sangre.

–Para ti no es más que un chiste, ¿verdad? –lo acusó–. Ni siquiera tienes agallas para admitir que lo hiciste porque mi hermano no fue a los mejores colegios ni lo recibió todo en bandeja de plata en vez de ganárselo con el sudor de su frente. No te atrevas a negarlo –añadió casi sin aliento.

–No pensaba hacerlo –le aseguró él con una triste sonrisa. La idea de justificarse ante aquella marimacho pelirroja y resentida le resultaba insoportablemente ofensiva.

–Todo iba bien, hasta que lo llevó a casa para presentártelo.

–Todos los días se rompen relaciones –la cortó él con un gesto impaciente–. Según tú, yo soy el responsable de que a tu hermano le rompieran el corazón. Puede ser, pero ¿y el resto? No entiendo muy bien dónde está mi culpa... ¿Tuvo un accidente? ¿Qué tipo de accidente?

–Mark vino a verme después de que Fleur rompiera con él. Al marcharse estaba destrozado... de lo contrario nunca habría bebido.

–¿Había bebido?

El tono de acusación hizo que Mari saltara en defensa de su hermano.

–Solo una copa de más.

Él aceptó la patética excusa con una sonrisa desdeñosa.

–Y había niebla... –añadió Mari con voz débil–. Él nunca conduce si bebe... y no lo habría hecho aquella noche si tú no hubieras intervenido. Tú tienes la culpa del accidente.

¿Y si ella hubiera mostrado más comprensión hacia su hermano? Mari cerró los ojos, incapaz de enfrentarse a su conciencia.

Seb vio cómo se balanceaba sobre los talones y con los ojos cerrados.

–¿Estás bien? –le preguntó con una preocupación que no quería sentir.

Ella abrió los ojos, llenos de lágrimas y desprecio.

–No te preocupes, no voy a volver a desmayarme –sorbió por la nariz y se secó las lágrimas con la mano.

Seb se consideraba inmune al llanto de una mujer, pero aquel sorbido lo hizo sentirse... ¿Incómodo? No era la palabra justa, pero el gesto le había tocado una fibra sensible.

–Siéntate –ordenó, transformando su preocupación en impaciencia. Le importaba un bledo lo que le ocurriera a una mujer que había puesto su vida patas arriba, pero no quería que se desmayara a sus pies.

–No necesito sentarme –replicó ella–. Me voy a casa.

Apenas había dado dos pasos cuando una voz interior le reprochó que estuviera huyendo otra vez. Apretó los dientes y se dio la vuelta. Esa vez sería ella la que tuviera la última palabra.

–¿Por qué deberías seguir llevando una vida perfecta cuando por culpa tuya la vida de mi hermano está hecha pedazos?

Capítulo 4

VAMOS a dejar mi vida perfecta al margen, y aunque está claro que necesitas a alguien a quien culpar por lo que le ha ocurrido a tu hermano...

–Tú tienes la culpa –lo cortó ella con un grito furioso.

–Lo que le pasó a tu hermano es una tragedia, pero yo no tuve ninguna culpa. Él eligió beber más de la cuenta y él eligió ponerse al volante de un coche. Fue su decisión y su responsabilidad. Fue una suerte que no atropellara a nadie.

Mari se mordió el labio y bajó la mirada.

–Él quería a tu hermana.

–No me parece un acto de amor, sino más bien el acto de un hombre débil que no pensó en las consecuencias. Y parece que es algo de familia.

–¡Está en una cama del hospital! –exclamó ella, preguntándose si aquel monstruo tenía corazón.

–Lo cual es terrible, pero él es el único responsable de su estado. Y me alegro de que no arrastrara a mi hermana con él.

Mari ni siquiera se dio cuenta de que había levantado el brazo y que estaba trazando un arco hacia su cara hasta que, a pocos centímetros de entrar en contacto con su mejilla, unos dedos que parecían tenazas la agarraron por la muñeca y la obligaron a bajar el brazo.

No le dio tiempo para que la soltara; se debatió frenéticamente para intentar zafarse. Cuando él la soltó, levantó lentamente la cabeza y su melena cayó hacia atrás, revelando unos ojos llenos de odio, una piel encendida y unos labios entreabiertos que jadeaban en busca de aliento.

Seb dio un paso adelante y sus cuerpos quedaron pegados. Ella no se movió, pero se balanceó hacia él como si respondiera a un cordón invisible que los conectaba. Él observó fascinado cómo se dilataban las pupilas de sus increíbles ojos azules.

Tenía la boca más apetitosa que había visto en su vida. Y a pesar de las ensordecedoras alarmas que sonaban en su cabeza, no se le ocurrió ninguna razón por la que no debiera saborearla.

Le puso una mano en la nuca y tiró de ella hacia él, entrelazando los dedos en sus cabellos mientras le colocaba el pulgar de su mano libre bajo la barbilla y agachaba la cabeza.

Sintió sus temblores al mover los labios sobre los suyos, antes de aceptar la irresistible invitación de su boca entreabierta y sumergirse en la dulce humedad que lo aguardaba en su interior.

Mari dejó de pensar en cuanto él tomó posesión de su boca. El resto de su sistema nervioso, sin embargo, funcionaba a pleno rendimiento. Y de pronto se encontró besándolo con una pasión desconocida. Por encima de los atronadores latidos de su corazón oyó un lejano y débil gemido que no consiguió asociar con ella.

Pero en un rincón de su calenturiento cerebro aún le quedaba la suficiente cordura para resistirse. Lo empujó con fuerza en el pecho y el beso se detuvo tan bruscamente como había empezado. Mari se tambaleó hacia atrás, respirando con gran agitación.

–Te odio –le gritó, frotándose la boca con el dorso de la mano.

Él permaneció impasible, mirándola con una humillante serenidad.

–Nada ha cambiado, por lo que veo.

Temblando, mientras él se comportaba como si nada hubiera ocurrido, Mari se pasó una mano por el pelo, horrorizada y avergonzada por su impúdica reacción.

–¡Me has besado!

Si hubiera sabido que ese era el precio por tener la última palabra, se habría tragado el orgullo y habría escapado mientras aún tenía la posibilidad.

–No voy a disfrutar de una luna de miel, así que lo menos que me debes es un beso –repuso él mientras maldecía en silencio su falta de control.

Se maldecía porque ella era el tipo de mujer con quien no bastaba un simple beso. Era el tipo de mujer por la que un hombre enloquecía. El tipo de mujer que él se había pasado la vida evitando.

–¡Tendría que haberte abofeteado! –espetó ella.

–Aún es pronto.

–Y tú tienes prisa.

–Es verdad –corroboró él–. Una última pregunta... ¿Crees que ha valido la pena?

–¿El qué?

–Lo que va a pasar a continuación –sacudió la cabeza y la miró con incredulidad–. No pensaste bien en tu plan de venganza, ¿verdad? –ella no respondió–. Te limitaste a decir que estabas embarazada, pero las cosas no acaban ahí. Habrá consecuencias aparte de un mal momento en mi vida perfecta –ella siguió mirándolo en silencio y confundida–. Consecuencias para ti.

–¿Qué consecuencias? –preguntó con inquietud.

Él no respondió inmediatamente y la dejó sufrir un poco.

–¿Cuántos teléfonos crees que grabaron tu pequeña actuación? Tuviste tus cinco minutos de fama.

Una expresión de horror apareció en su rostro.

–No los quiero.

–Lástima, porque no puedes elegir.

Se puso tan pálida que sus pecas destacaron en su nariz pequeña y recta.

–Casi te compadezco.

–No necesito tu compasión.

–He dicho «casi». Me guardo mi compasión para quien la merezca. Elegiste tener una aventura con un hombre casado y ponerte en evidencia en público, y tu hermano eligió conducir bajo los efectos del alcohol. En vez de lamentarte quizá deberíais madurar un poco los dos.

–Yo elegí ponerte en evidencia a ti –replicó ella–, y diría que lo he conseguido –esforzándose por aparentar indiferencia, sacó su móvil del bolsillo.

–¿Qué haces?

–Llamar a un taxi –esbozó una dulce sonrisa–. Creo que ya he abusado bastante de tu hospitalidad.

Él se dirigió hacia la puerta y se detuvo con la mano en el pomo.

–Tus zapatos y tu sombrero están en el alféizar.

–No tengo sombrero.

Seb posó momentáneamente la mirada en sus rizos de fuego.

–Claro que no. Un sombrero te impediría ser el centro de atención...

La insinuación de que quería llamar la atención fue tan inesperada que no se le ocurrió una respuesta apropiada.

–Te pediría un taxi para que te esperase en la puerta este si de verdad no buscases la fama, pero... solo estás retrasando lo inevitable, cariño.

Y dicho eso, salió de la habitación sin mirar atrás.

El aparcamiento del hospital estaba a rebosar, y Mari tuvo que recorrerlo tres veces hasta encontrar un minúsculo hueco para su Escarabajo, tan estrecho que apenas le quedó espacio para salir entre el vehículo y la pared.

Habían pasado dos días desde el escándalo que había desatado una tormenta mediática, y por algún milagro Mark no se había enterado de nada. Era lo único positivo de un fin de semana espantoso. Sebastian no se había equivocado al predecir serias consecuencias...

Estaba pagando un altísimo precio por su arrebato de locura.

Al bajarse del taxi la esperaban un periodista local y un fotógrafo. Con la cabeza gacha se negó a responder a la batería de preguntas. Una hora más tarde se les unieron una docena de reporteros de periódicos nacionales.

Corrió las cortinas, ignoró las notas que le metían por debajo de la puerta y apagó el móvil, pero no pudo resistir el impulso masoquista de conectarse a Internet. Tal y como se esperaba, encontró sus fotos en numerosas páginas, acompañadas de comentarios a cada cual más negativo. Sebastian, en cambio, aparecía increíblemente atractivo y galán mientras la llevaba en brazos como a una Bella Durmiente pelirroja.

También encontró un artículo bastante divertido que incluía un pormenorizado, y del todo inexacto, análisis sobre lo que había costado su vestido. Estaba publicado en el blog sobre moda de la mujer que había admirado su vestido de camino a la iglesia.

El artículo suscitó una serie de comentarios que especulaban no solo sobre el precio de su ropa, ¡sino el de ella misma! Según los supuestos expertos, casi todo su cuerpo había pasado por las manos de los cirujanos plásticos: nariz, mejillas, labios... sobre sus pechos había opiniones diversas.

Todo el mundo estaba de acuerdo en que Sebastian no había escatimado en gastos para convertirla en su mujer perfecta.

La frase ocupaba la primera plana de un periódico sobre dos fotos de ella, una con el vestido supuestamente carísimo que había llevado a la boda, y otra tomada el sábado por la mañana cuando, en pijama, con el pelo hecho un desastre y los ojos legañosos, había abierto la puerta para encontrarse con los flashes de las cámaras.

Pero había conseguido recuperar el control en vez de comportarse como una víctima. El punto de inflexión fue a las dos de la mañana, cuando estaba alargando el brazo hacia las pastillas que tenía en la mesita. ¿Qué otra cosa podía hacer si no conseguía dormir y lo único que la esperaba al levantarse eran burlas e insultos? La píldora cayó en su regazo, se la quedó mirando y se preguntó: «¿Qué estás haciendo, Mari?».

No podía controlar lo que otros escribían, pero no por ello estaba obligada a leerlo. La luz al final del túnel la incitaba a creer que la gente acabaría cansándose de hablar de sus pechos.

Hasta entonces iría con la cabeza bien alta.

Y aquella mañana, cuando vio que el número de periodistas apostados frente al edificio había disminuido considerablemente, pensó que había sobrevivido a lo peor.

Por desgracia, los ataques y críticas seguían llegando...

Por tentador que fuera tirar la toalla, no podía hacerlo. Mark la necesitaba. Se apartó un mechón que se le había soltado de la trenza y bajó la mirada... Vestida y arreglada y no tenía adonde ir. Se había puesto unos pantalones ceñidos, unos zapatos de tacón y una blusa blanca de corte clásico pensando que sería un día de trabajo normal.

Aun así, el aspecto profesional la ayudaría a conseguir más información de los médicos que si iba vestida con una camiseta y unos vaqueros. Fuera como fuera, necesitaba toda la información posible, después de que Mark se limitara a responderle con un derrotista encogimiento de hombros. Al menos la prensa no podía entrar en el hospital.

La gente la miraba al pasar, pero Mari ya estaba acostumbrada. Siguió andando sin detenerse, borrando el ceño fruncido de su cara y esforzándose por adoptar una actitud más optimista de camino a la habitación de su hermano.

Se animó un poco al ver un grupo de hombres trajeados e intentó identificar al médico de su hermano. Los hombres no parecieron advertir su presencia, hasta que uno de ellos se giró... y Mari se quedó paralizada como una liebre ante los faros de un coche.

Él ladeó ligeramente la cabeza y el azoramiento de Mari fue barrido por una ola de furia asesina.

—¿Qué haces aquí? —le espetó al llegar junto al grupo. Las posibilidades se agolpaban en su cabeza.

¿Había ido a enfrentarse con Mark creyendo que era el verdadero responsable de lo sucedido?

El grupo se quedó en silencio, fingiendo cortésmente que no sabían lo que pasaba.

–Señorita Jones, dos veces en tres días... Debo de ser un hombre muy afortunado –se volvió hacia los otros hombres–. ¿Todos conocen a la señorita Jones?

–Te he hecho una pregunta.

–Estaba visitando a tu hermano.

Mari vio a su hermano incorporado en la cama a través de los cristales oscuros.

–¿Conoces al director del hospital, el señor Parkinson...?

–Si crees que puedes ignorar tu culpa trayéndole un racimo de uvas, estás muy equivocado.

–No me siento culpable de nada.

–Eres un... –se mordió la lengua para no insultarlo. Tenía que conservar la calma costase lo que costase. No era una tarea fácil, estando frente a un hombre tan apuesto, varonil y seguro de sí mismo–. Te agradecería que te mantuvieras lejos de mi hermano.

Se lo dijo con una voz de hielo, pero Seb percibió las llamas que ardían bajo la serena fachada. Hasta entonces había creído que el temperamento de las pelirrojas era una leyenda urbana.

–¿No es él quien debería decidir eso? –¿sería igualmente apasionada en la cama? Tensó la mandíbula mientras intentaba apartar la vista de sus voluptuosos labios.

«Es el tipo de mujer que debes evitar, Seb. No lo olvides».

Mari, que estaba apuntando con un tembloroso dedo hacia su amplio torso, no notó cómo se oscurecían sus ojos. Estaba demasiado ocupada con la conmoción que la había dejado sin aliento nada más reconocerlo. Miró a todas partes menos a su boca, porque no podía enfrentarse al hecho de que la hubiera besado, o peor aún... que a ella le hubiera gustado.

–Si le has hecho daño, te... –«¿qué, Mari?». La frustración y la impotencia la invadieron mientras sentía cómo se le escapaba el control de su vida.

–Su estado de ánimo parecía muy bueno cuando lo he dejado.

Mari intentó no reaccionar a su provocadora sonrisa mientras él seguía respondiendo a sus recelos y agresividad con una cordialidad que seguramente la hacía parecer una esquizofrénica a ojos del grupo. Y seguramente lo fuera, porque su comportamiento de los últimos días difícilmente podría calificarse de racional.

No era él el único cuya vida había sufrido un drástico vuelco, pero al menos él tenía los medios y la experiencia para protegerse de la prensa. No como ella.

Seb sabía lo impredecible que podía ser la opinión pública, por lo que no supuso una sorpresa que los medios se mostraran tan hostiles hacia Mari Jones. Lo que sí lo sorprendió, sin embargo, fue el grado de aversión y virulencia al que habían llegado. Por una vez él había escapado relativamente ileso, en parte gracias a que Elise, quien no había tardado en vender la historia de «novia plantada» al mejor postor, había optado por hacer de víctima y había cargado durísimamente contra la mujer que le había robado a su novio.

–¿Y tú cómo estás, Mari? ¿Qué tal tu día?

Mari alzó el mentón al reconocer el tono burlesco de su voz y lo miró fijamente, sintiendo un desprecio del que nunca se había creído capaz.

–Creía que no podría ser peor, pero aquí estás... –su presencia no la había dejado en paz, ni siquiera en sueños.

–Bueno, ha sido un placer volver a verte, señorita Jones –dijo con una sinceridad tan falsa como la expresión de pesar con la que miró hacia los hombres que esperaban a una distancia prudente–. Me encantaría quedarme a charlar, pero me temo que...

Mari vio cómo se alejaba sin mirar atrás. El mensaje que mostraban sus anchos hombros estaba bien claro: para él no tenía la menor importancia. No significaba nada en absoluto.

«¿Te gustaría que no fuera así?».

Ignoró la vocecita en su cabeza y resistió el impulso autodestructivo de ir tras él. Por mucho que quisiera tener la última palabra, sabía lo terribles que podían ser las consecuencias. No quería perder la poca dignidad que le quedaba.

Esperó a que el grupo se marchara y escondió su agitación bajo una alegre sonrisa antes de entrar en la habitación de su hermano.

–¡Hola! ¿Cómo te encuentras hoy?

El día anterior Mark se había debatido entre la apatía y la furia, por lo que era un gran alivio ver que estaba más animado.

–Bastante bien... Echa un vistazo a esto, Mari.

Mari se sentó y hojeó el colorido folleto que él le dio.

–¿Ves qué dice sobre este lugar? Mira las estadísticas, Mari. ¿No te parecen impresionantes?

Mari emitió un gruñido. Las cifras que estaba viendo le encogían el corazón.

–¿De dónde ha salido esto, Mark? –le costaba creer que el hospital repartiera entre sus pacientes publicidad de una carísima clínica privada.

–Oh, el hermano de Fleur vino a verme y me lo dejó para que le echase una ojeada –se rio al ver la expresión asombrada de Mari–. Qué casualidad, ¿no? Resulta que forma parte de la junta directiva del hospital o algo así. Me ha dicho que esta clínica ofrece terapia intensiva y exclusiva siete días a la semana, todo con tecnología punta.

Mari dejó el folleto con un suspiro.

–Por Dios, Mark, sabes muy bien que no podemos permitírnoslo –¿cómo podía Sebastian Defoe ser tan vengativo y cruel para darle falsas esperanzas a su hermano?

Mark la miró con expresión decidida.

–Tiene que haber algún modo... Tus ahorros...

Mari odiaba bajar a su hermano de las nubes.

–Sabes que mi trabajo no da para tanto, Mark –la llamada de la directora de la escuela aún resonaba en su cabeza, y de todos modos nadie se metía a profesor por el sueldo–. A duras penas consigo llegar a fin de mes.

–Podríamos vender alguna cosa.

–Mira, Mark, haré lo que pueda, pero dudo mucho que...

–O podría pedírselo a Fleur. Su familia está forrada, y ella siempre me decía que su hermano mayor se toma muy en serio lo de contribuir a la comunidad y esas cosas...

–¿Su hermana te dijo eso?

Mark se encogió de hombros.

–Sí, bueno, por aquello de dar una buena imagen y tal... El caso es que puede permitírselo. Tú podrías hablar con él, decirle lo mal que me quedé cuando Fleur me dejó... Sin culparla ni nada, claro, porque parece un tipo muy protector, pero...

–No me parece una buena idea –lo interrumpió Mari, horrorizada por lo que estaba oyendo.

–No pongas esa cara. No estoy diciendo que le pidas dinero así de golpe, sino que pruebes a darle pena, ya sabes, batiendo las pestañas, poniéndole ojitos tristes y eso.

Mari se puso en pie, invadida por las náuseas.

–Ni loca.

–¡Prefieres que me quede en una silla de ruedas toda mi vida!

–Eso no es seguro, Mark. Los médicos dicen que si te empleas a fondo es posible que... Ya sé que será un camino largo y difícil, pero yo estaré contigo en todo momento.

–¿Por qué siempre tiene que ser todo largo y difícil? Tú puedes estar orgullosa de ser pobre, pero yo no. ¿Por qué no podría tener las cosas fáciles por una vez en mi vida? Nunca te he pedido nada, Mari... –se detuvo al ver su expresión–. Bueno, puede que un par de veces, pero...

–Veré qué puedo hacer –dijo ella, recogiendo el folleto–. Pero no le pediré dinero a Sebastian Defoe.

–¿Te lo impide tu orgullo?

–No se trata de orgullo, Mark.

–¡Claro que sí! –insistió él con vehemencia–. Siempre has sido igual, incapaz de pedir ayuda. Tienes que hacerlo todo tú sola y por las malas. Bueno, para ti es fácil ser orgullosa... Tú al menos puedes caminar –le sostuvo la mirada durante diez largos segundos, antes de volverse hacia la pared.

–Lo siento, Mark.

Cinco minutos después abandonó el hospital, con los ojos llenos de lágrimas y sin haber conseguido que Mark volviera a hablarle. No la había castigado con su silencio desde que eran niños, cuando se pasaba varios días sin dirigirle la palabra.

Quería mucho a su hermano, pero la impaciencia de Mark lo llevaba a buscar siempre el camino más rápido y fácil. Estaba convencido de que había una solución mágica para todo, a pesar de la educación basada en el esfuerzo y la perseverancia que sus padres adoptivos habían intentado inculcarle.

Sumida en sus pensamientos apenas se dio cuenta de que había empezado a lloviznar mientras atravesaba el aparcamiento.

–¿Qué tal está tu hermano?

Mari soltó un chillido cuando una figura alta e imponente salió de un coche, o mejor dicho, de un cochazo. ¿La habría estado esperando? No importaba, porque al fin se le presentaba la ocasión para decirle lo que pensaba de él.

–¿Eres un sádico o algo por el estilo?

Al verla salir del hospital, encorvada y con aspecto derrotado, se había desatado una extraña emoción en su interior. Pero cuando lo miró con sus ojos azules volvió a ser la misma pelirroja belicosa y agresiva de siempre, preparada para atacar.

Seb era un hombre que valoraba el control y la moderación, pero aquella mujer parecía estar hecha para dar rienda suelta a los más bajos instintos...

Era una fuerza desatada de la naturaleza, tan formidable y arrolladora como un huracán, y Seb sabía que había que tener mucho cuidado con los huracanes.

–Me gusta eso de ti... que no pierdes tiempo en formalidades y vas directa al grano. Lo mismo que yo... –abrió la puerta del coche–. ¿Quieres sentarte y recuperar el aliento?

–¡No me falta el aliento!

–¿Seguro?

Ella le sostuvo desafiantemente la mirada.

–Completamente. No provocas en mí ese efecto.

–Puede que esté perdiendo facultades...

–Oh, yo no diría eso. Pareces estar en plena forma –bufó con desprecio–. Supongo que ver a mi hermano en el hospital no era lo bastante bueno, o malo, para ti... No, claro que no. Tenías que darle falsas esperanzas y dejar que yo lo hundiera –se atragantó al contener un sollozo y apenas pudo acabar de hablar–. ¡Estoy harta de ser siempre la mala!

–Entonces, ¿por qué se lo sigues permitiendo?

–¿Qué quieres decir?

–¿Por qué dejas que tu hermano juegue contigo como...? Lo mires como lo mires, no es muy normal que un hombre adulto deje que sea su hermana la que libre sus batallas –meneó la cabeza–. No solo es denigrante, sino extremadamente manipulador.

–¿Me estás llamando manipuladora? –le preguntó en voz baja y amenazante.

–No, estoy llamando manipulador a tu hermano.

Mari se puso inmediatamente a la defensiva.

–Mi hermano no sabía ni sabe nada de lo que hice en tu boda –se mordió el labio–. Y me gustaría que siguiera siendo así.

No era algo nuevo para Seb, quien conocía bien a las personas. Si Mark hubiera sabido lo que había hecho su hermana, habría intentado hacerle ver que él era inocente nada más verlo.

–¿Así que me estás pidiendo un favor?

–Qué tontería...

Seb sintió un impulso inexplicable de rebajarse a la opinión que ella tenía de él, pero en vez de eso se sorprendió alargando la mano.

Mari tomó aire, pero no retrocedió. No podía moverse; tenía los pies clavados en el suelo. Permaneció inmóvil, temblando, mientras él le acariciaba la mejilla con el dedo. Le trazó una línea hacia abajo, siguiendo el movimiento con la mirada, y repitió el gesto.

—¿Crees que para mí todo tiene un precio?

Una corriente de deseo abrasó a Mari por dentro. Su respuesta corporal era escalofriante, excitante y humillante al mismo tiempo. Estaba agotada de tanto luchar, no solo contra él, sino contra lo que le hacía sentir, y por un breve instante se preguntó cómo sería si dejara de resistirse.

—¿No es así?

—No le diré a tu hermano lo que hiciste en mi boda.

—Gracias —respondió aliviada, pero no del todo convencida. ¿Y si cambiaba de opinión más adelante?

—Tranquila, soy un hombre de palabra —se echó a reír al ver cómo ella abría los ojos como platos—. Te aconsejo que nunca juegues al póquer —a menos que fuera al strip poker y con él...

—Sé que Mark lo acabará sabiendo —admitió ella—. Pero cuanto más tarde, mejor. Además, ahora ni siquiera me habla.

—Si no tienes cuidado, te pasarás el resto de tu vida... —negó con la cabeza—. No, mejor dicho, no tendrás una vida propia.

Mari arqueó una ceja, confundida por el duro reproche que emanaban su expresión y sus palabras.

—¿Y por qué te importa tanto?

El desconcierto se reflejó en su rostro.

—No me importa —negó, encogiéndose de hombros—. Parece que disfrutas con lo que haces. Tal vez sea algo simbiótico —mostró sus blancos dientes en una sonrisa que no alcanzó sus ojos y volvió a tocarle la mejilla, pero esa vez no hubo nada de seductor en el gesto–. Llevas la palabra «mártir» escrita en la frente.

Ella apartó la cabeza, asqueada por el comentario y por la forma en que su traicionero cuerpo reaccionaba.

–Y tú llevas «sádico» escrito en la tuya. Cuando le hablaste a Mark de esa clínica sabías que no tenemos dinero para pagar el tratamiento... ¿Esperas que me crea que lo hiciste por pura bondad?

No sabía qué clase de crueldad era peor, si la intencionada o la casual.

–Yo pagaré el tratamiento.

Capítulo 5

EL BROTE de esperanza fue rápidamente engullido por una deprimente ola de realismo. Él no era un hada madrina. De hecho, no había una analogía menos apropiada.

–Y también pagaré la rehabilitación y el seguimiento.

–¿Por qué? –cuando las cosas parecían demasiado buenas para ser ciertas era por una buena razón.

No pudo evitarlo y lo recorrió con la mirada de arriba abajo. Pero mientras bajaba la vista por su chaqueta gris marengo, su camisa blanca y su corbata borgoña supo que la reacción de sus músculos no estaba provocada por el odio ni el resentimiento. Lo cual era absurdo, pues nunca le habían gustado los metrosexuales. Su vanidad le resultaba odiosa. La perfección física no resultaba nada atractiva cuando iba acompañada con un aura abrumadora de superioridad.

Por desgracia sus hormonas no pensaban lo mismo...

–Tranquila, no hay ningún compromiso –dijo él con una media sonrisa.

Ella se apartó un mechón que el viento le había pegado a la cara. La misma ráfaga que ponía de punta los cortos cabellos oscuros de Sebastian.

–¡No aceptaría tu caridad ni aunque mi vida dependiera de ello!

–No hace falta que lo jures, pero... no es tu vida de la que estamos hablando, ¿verdad?

Ella se puso colorada.

–Tenemos un servicio de salud muy eficiente.

Su cabezonería estaba minando la paciencia de Seb. Lo cual era absurdo, teniendo en cuenta que todo su plan descansaba en el orgullo de Mari.

–Cierto, pero también está sobrecargado. Sacar a tu hermano de ese hospital permitiría que otro paciente se beneficiara de las instalaciones.

–¿Un paciente que no tenga un benefactor? Gracias, pero no –negó con la cabeza y lo miró fríamente–. Podemos arreglárnoslas solos y no aceptamos la caridad de nadie.

–Pues no lo veas como una muestra de caridad, ¿o vas a anteponer tu orgullo al bienestar de tu hermano?

«¿Y ahora quién está siendo manipulador, Seb?».

El comentario le hizo daño. Mari tragó saliva y se prohibió llorar delante de aquel hombre.

–Considéralo un préstamo.

Mari perdió toda esperanza. Había visto lo que costaba el tratamiento en el folleto.

–Nunca podríamos devolvértelo... –pero ¿de verdad podría quedarse de brazos cruzados viendo la agonía de su hermano?

Él arqueó una ceja.

–Me da la impresión de que tu hermano tiene una visión de la caridad mucho más pragmática que la tuya. ¿Me equivoco?

No, no se equivocaba, maldito fuera. Si rechazaba aquella oferta, Mark nunca se lo perdonaría, y si la aceptaba no podría vivir en paz consigo misma.

Hiciera lo que hiciera, estaba perdida.

–¿Por qué no se lo has ofrecido directamente a él, sin meterme a mí en esto?

–Quería ver si eres tan cabezota y orgullosa como creía...

–Entonces, ¿no era más que una prueba retorcida? Y como seguramente no la he superado ahora nos castigarás a los...

–No tengo el menor deseo de vengarme de tu hermano –la cortó él, irritado–. Y a diferencia de ti, no creo que los daños colaterales sean legítimos –dejó que se revolcara un poco en la culpa antes de concluir–. Si quiero castigarte, lo haré.

Su penetrante y oscura mirada no dejaba lugar a dudas.

–De modo que quieres vengarte de mí –dijo con una bravura que estaba lejos de sentir, intentando sofocar el escalofrío que le recorría la espalda. Había que ser muy obtuso para no tomarse en serio las amenazas de un hombre como él.

–Si así fuera, sería un estúpido por prevenirte, ¿no?

O muy listo. La cabeza le daba vueltas al pensar en las enrevesadas posibilidades.

La lluvia había empezado a arreciar, y en pocos segundos el perfecto rostro ovalado que lo miraba estaba empapado. La humedad que relucía en su piel clara realzaba las pecas de la nariz y las manchas azuladas bajo los ojos, confiriéndole un aspecto delicado, vulnerable e irresistiblemente sexy.

Seb sintió que lo traspasaba una punzada de algo peligrosamente parecido a la ternura, pero que fue rápidamente mitigada por una ola de deseo. Se fijó en su blusa, cuyos botones parecían a punto de saltar por la presión de sus abultados pechos. La lluvia arreciaba y se podía distinguir el borde del sujetador bajo la tela empapada.

Tenía un cuerpo espectacular, atlético y extremadamente sexy, pensó él mientras recorría con la mirada sus curvas. No tenía una cintura de avispa, pero sí estrecha, y sus caderas y su trasero eran firmes y bien torneados.

Pero no podía permitirse una distracción así, como si fuera un adolescente con las hormonas desatadas. Había asuntos mucho más importantes en juego. El contrato con la familia real estaba a punto de irse a pique.

—Deberíamos ponernos a cubierto.

—¿Dónde?

Él torció el gesto con irritación.

—Vamos a dar el asunto por zanjado. He hablado con la clínica y está todo listo. Mañana trasladarán a tu hermano, y no tiene por qué saber quién paga las facturas si ese es tu deseo.

Mari sacudió la cabeza con incredulidad, incapaz de decir nada. La tensión palpitaba en el aire húmedo y le costaba trabajo respirar. Qué imagen tan patética estaba dando como hermana, siendo tan vulnerable a la sexualidad que aquel hombre emanaba. Sebastian ni siquiera tenía que esforzarse, y una parte de ella se pregunto qué pasaría si se esforzaba...

Ignoró la pregunta. No quería ni podía distraerse con esas cuestiones... ni con las posibles respuestas.

El silencio se prolongó varios segundos. Mari se agarró el pañuelo que llevaba atado al cuello y soltó una exclamación con más vehemencia de la que pretendía:

—¡No te quiero en nuestras vidas!

«Eso sí que le ha salido del alma», pensó él con una sonrisa sarcástica.

—Pues tendrías que haberlo pensado antes de meterte tú en la mía...

Ella se estremeció. Estaba totalmente de acuerdo con el comentario, teniendo que sufrir las consecuencias de lo que había hecho.

–¿Por qué quieres ayudar a mi hermano si no te consideras responsable de su estado? ¿Me vas a decir que eres una especie de santo altruista o algo así?

–No estoy ofreciendo mi ayuda porque me sienta culpable –aclaró él inmediatamente. No sentía remordimientos, pero su hermana empezaba a castigarse a sí misma por lo que le había pasado a su exnovio, y si este acababa en una silla de ruedas la culpa no la dejaría vivir en paz. Seb haría todo lo que estuviera en su mano para impedirlo.

–¿Y qué tengo que hacer yo a cambio? –preguntó ella con desconfianza–. ¿Dónde está la trampa?

–No hay trampa ni compromiso alguno. Como ya te he dicho, he hablado con la clínica y mañana trasladarán a tu hermano en cuanto se resuelva el papeleo. Mi abogado te enviará los datos de la cuenta que he abierto a tu nombre. Creo que la cantidad será suficiente, pero si no es así no dudes en decírselo. Depende de ti decírselo o no a tu hermano. Si prefieres que no sepa de dónde viene el dinero, por mí no hay ningún problema.

–¡Pero yo sí lo sabré! –Mari siempre pagaba sus deudas, pero ¿cómo iba a pagar aquella? Abatida, levantó la cara hacia el cielo para que la lluvia cayera sobre su rostro.

Seb se pasó una mano por los mojados cabellos y gruñó con irritación. La lluvia golpeaba con fuerza el techo del coche.

–Esto es absurdo –abrió la puerta del copiloto y rodeó el vehículo para sentarse al volante–. Personalmente no tengo nada contra tu blusa mojada, pero...

Ella se miró y soltó un gemido de espanto.

Segundos después los dos estaban en el interior del coche, ella con la espalda muy recta y con los brazos cruzados sobre el pecho.

—No seas tan recatada... —le dijo él en tono jocoso—. En la playa muestras mucho más.

Ella bajó las manos, desafiante.

—No siento vergüenza —mintió—, sino frío.

—Ya me he dado cuenta —repuso él, bajando la mirada.

Mari apretó los puños, conteniéndose para no arrancarle aquella media sonrisa de su atractivo rostro.

—Típica insinuación de un chaval salido. Me habría esperado algo más...

La sonrisa desapareció y en su lugar apareció algo mucho más peligroso y... Mari no se atrevió a definirlo, pero sintió cómo se le encogía el estómago.

—¿Es una propuesta? —le preguntó él.

Ella abrió los ojos como platos, a punto de sucumbir al calor de su hipnótica mirada. Era hora de cambiar de tema...

—No, no... —por supuesto que no.

—¿No trabajas hoy? —le preguntó él en tono tranquilo.

—No.

—¿Es una de las consecuencias en las que no pensaste? —Mari no dijo nada y apretó los labios—. No creo que en esa escuela tan elitista donde trabajas les guste que salgan a la luz los escándalos sexuales de sus empleados.

—¿Cómo sabes a qué me dedico y dónde trabajo? ¿Has pinchado mi teléfono o qué?

—Eso no sería legal.

—Claro, y me imagino que tú nunca has quebrantado una regla.

–Tengo mis medios –como en ese caso el abogado de la familia, que había presenciado la escena de la boda. Había sido el único con quien Seb habló por teléfono el sábado por la noche.

–No sabía que conocieras a la señorita Jones, Sebastian... –le había dicho el abogado, más disgustado de lo que Sebastian nunca lo había oído–. ¿Sabes que es la primera profesora que ha entendido a mi nieta? Gwennie quiere ir a la escuela, y ya sabes cómo es ese sitio... Tienen una reputación impecable y venden su ambiente sano y académico a precio de oro. Son un hatajo de hipócritas, lo sé, pero no pueden permitirse el menor escándalo, y mucho menos de tipo sexual. Esa pobre chica tendrá suerte si únicamente la despiden.

Seb no calificaría de «pobre chica» a la mujer que había frustrado su matrimonio, arruinado su reputación y puesto en peligro el contrato por el que tanto había trabajado. Verla como víctima le resultaba tan difícil como imaginársela dando clases.

–¿Tus medios? –el enigmático comentario le provocó un escalofrío a Mari, que intentó ocultar con una risita–. Eso sí que suena siniestro...

–No me pareces el tipo de mujer que se deje intimidar fácilmente –dijo él, admirándola a pesar de sí mismo. Aquella mujer era cualquier cosa menos cobarde. Se había jugado el pellejo por su hermano, quien no parecía saber lo afortunado que era al contar con ella. Si la situación fuera la contraria, Seb no creía que Mark Jones se hubiera arriesgado por su hermana.

Mari ignoró el comentario.

–He hablado con la directora, y ha sido muy comprensiva –respondió en el tono más animado que pudo.

–¿Pero hoy no trabajas? ¿Quizá no fue... tan comprensiva?

Ella lo miró con profundo desprecio.

—Está bien, tú ganas. Mi vida está patas arriba, gente a la que nunca he conocido está hablando de arriesgadas intervenciones quirúrgicas y todo por mi culpa. No he conseguido nada y ahora voy a perder también mi trabajo.

—La autocompasión no te favorece.

—¡Vete al infierno!

Aún le costaba creerse lo que había hecho. Le parecía algo irreal y absolutamente impropio de ella. Desde muy temprana edad había aprendido la importancia de controlarse, después de que dos familias de acogida rechazaran hacerse cargo de los gemelos por las desproporcionadas reacciones de la niña. Las consecuencias de sus actos le habían enseñado a no actuar nunca sin pensar, hasta el punto de que Mark se quejaba de su falta de espontaneidad. Pero el sábado no solo había sido espontánea. Había sido... Se estremeció, incapaz de pensarlo. Había hecho algo grave y tenía que sufrir el castigo, fuera cual fuera.

—Sé de una vacante que podría encajar contigo.

—¿Qué pasa, de repente te has convertido en Santa Claus?

—No, de repente me veo en la necesidad de una esposa.

Mari intentó imitar su frivolidad.

—¿Es una propuesta?

—Sí.

Mari se puso pálida mientras daba un respingo en el asiento y agarraba la manija de la puerta.

—¿Qué es esto, una broma? Te daré un consejo... No dejes tu trabajo, porque como comediante no tienes futuro.

—Te estoy proponiendo un acuerdo de negocios —la

forma en que tamborileaba con los dedos en el volante sugería que no estaba tan tranquilo como aparentaba.

–No me parece que el odio sea la mejor base para un acuerdo de negocios.

–Ya lo he tenido en cuenta –respondió él, impertérrito–. En público nos mostraríamos como una pareja feliz y enamorada.

A Mari se le escapó un suspiro de los labios.

–¿Se puede saber en qué mundo vives tú? –le preguntó mientras abría la puerta.

–En privado puedes odiarme cuanto quieras y llevar la vida que quieras. Decidimos que dieciocho meses bastarían antes de hacer publicas nuestras diferencias irreconciliables...

–¿Pero qué...? –no podía creer lo que estaba oyendo. Volvió a cerrar la puerta, con tanta fuerza que el vehículo vibró–. ¿Qué es esto... una proposición con plazos? –el sueño romántico de toda chica, desde luego.

–Mis asesores han redactado un contrato para que tu abogado le eche un vistazo.

–No tengo abogado. Te sorprendería cuánta gente en el mundo real no lo tiene.

–Pues te sugiero que te busques uno para firmar el contrato.

Mari respiró profundamente.

–No voy a firmar nada. Estás completamente loco... ¿Por qué ibas a querer casarte? Suponiendo que no hayas decidido que yo soy tu alma gemela...

–Se trata de limitar los daños, no de almas gemelas –replicó él con voz cortante–. Me he pasado el fin de semana intentando reparar los daños que provocaste con tu escena en una operación crucial.

–¿Lo de la familia real?

–Ah, bien, veo que te resulta familiar, así no tendré

que explicarte que la familia real está muy preocupada con los escándalos, especialmente con los de índole sexual que protagonizan mujeres embarazadas abandonadas por sus amantes.

–De modo que les has contado que no me conocías...

Él la miró con una expresión inescrutable.

–No, la verdad no habría servido de mucho. Fuiste demasiado convincente, cariño. Hasta yo mismo estuve a punto de creerte... No, una situación como esta requería algo más de creatividad.

–Querrás decir de mentiras. ¡Como la que me has dicho al asegurarme que no habría ningún compromiso a cambio del tratamiento de Mark!

–No, lo que quería decir es que correré con los gastos del tratamiento aceptes o no mi propuesta. Las dos cosas son independientes.

–¿Por qué iba a aceptar sin chantaje?

–Porque no quieres estar en deuda conmigo... –le escrutó el rostro con ojos entornados–. Esa idea te resulta intolerable, ¿verdad?

–¡Sí! –exclamó. Lo odiaba tanto que hervía por dentro.

–Excelente... En ese caso deberías saber algo sobre nosotros.

–¿Algo?

–Tuvimos una aventura. Una relación corta y apasionada que acabó por una típica discusión entre amantes de cuyo motivo ni siquiera nos acordamos. Hace poco nos volvimos a encontrar por casualidad y compartimos una noche de sexo salvaje, pero los dos habíamos cambiado mucho y seguimos cada uno por nuestro camino. No sabía que estabas embarazada hasta que apareciste de repente en mi vida, y fue entonces cuando supe que eres el amor de mi vida.

Soltó el pequeño discurso en un tono tan seco que hasta la voz de un ordenador sonaría más animada.

–¿Y se lo tragaron?

–Cierto que carezco de tus dotes interpretativas –admitió él con sorna–, pero afortunadamente no me sometieron al tercer grado. La verdad es que han invertido tanto tiempo y dinero como yo en esta operación y lo que les interesa es verme haciendo lo correcto, no que haga lo correcto.

–Parecen tan superficiales como tú.

–Eso significa ser realista. Deberías probarlo alguna vez.

–¿Y qué pasa con el bebé? ¿Esperas que vaya por ahí con un almohadón bajo la ropa?

–No será necesario. Estaremos de viaje de novios cuando pierdas al bebé. La gente respetará que no queramos hablar de una desgracia semejante.

–Veo que lo has pensado todo.

–Y si se me escapa algo se me da muy bien improvisar.

–Tan bien como ser modesto –murmuró ella.

–¿Y bien, Mari Jones? ¿Cuál es tu respuesta? Dieciocho meses de tu vida y luego borrón y cuenta nueva. La cantidad es negociable, pero te ofrezco...

–¡No!

Seb vio como se mordía el labio y se hundía en el asiento con un suspiro, antes de asentir con la cabeza y mirarlo fijamente.

–Di cuánto cuesta exactamente el tratamiento de Mark y aceptaré el trato.

–¿Vas a renunciar a varios millones de libras?

–Me da igual el dinero.

–¿No quieres pensarlo con calma?

Ella soltó una carcajada histérica.

–¡Pensar es lo último que quiero hacer! Pero... Si has dicho que es un trato de negocios, no esperarás que tú y yo...

–Nunca he pagado a cambio de sexo.

Recorrió con la mirada la curva de sus pechos y los pezones, que se adivinaban eróticamente a través de la blusa mojada. Incapaz de resistirse, alargó la mano y le apartó un mechón de la mejilla.

Mari se tensó al sentir el contacto de sus dedos. Giró lentamente la cabeza y lo miró. La piel le ardía como si su mano fuera un hierro candente que le marcaba la piel.

–De acuerdo. Me casaré contigo, pero no me acostaré contigo.

Una lenta sonrisa de satisfacción iluminó sus duras facciones aguileñas.

–La experiencia me ha enseñado que no se deben mezclar los negocios con el placer, pero mejor si no incluimos los votos...

Mari se estremeció. La palabra «votos» en sus labios lo hacía parecer todo más real. Se sentía como si estuviera reviviendo una pesadilla de su niñez... Se había subido a un tiovivo que no se detenía nunca y se ponía a gritar, desesperada por bajarse.

–¿La próxima vez, quizá? –preguntó él.

–¿Cómo?

–¿No sueñan todas las chicas con vestirse de novia?

–¿El novio no?

–Encuentra un hombre que no haya abjurado de las bodas por todo lo alto después de que una reventabodas lo humillara en la suya delante de todo el mundo. Ah, y por cierto, deberías olvidarte de buscar al hombre perfecto o incluso de tener una aventura hasta que hayamos roto.

–¿Eso decía la letra pequeña del contrato?

–No, eso está escrito con letras enormes –repuso él, muy serio–. Si te sirve de consuelo, no serás la única condenada a dieciocho meses de celibato.

¿Qué eran dieciocho meses cuando llevaba veinticuatro años de celibato?, pensó Mari.

–Claro que dieciocho meses de abstinencia son preferibles a una vida de remordimientos.

–Supongo que todo es cuestión de encontrar a la persona adecuada –dijo Mari, sin poder contenerse por más tiempo.

Él soltó un elocuente bufido de desdén.

–Todo es cuestión de pasarlo bien, pero siendo realista.

Su actitud sarcástica y prepotente estaba sacando de quicio a Mari.

–¿Y por qué ibas a casarte si no crees en el amor eterno?

Él esbozó una sonrisa torcida.

–¿Yo he dicho que no crea que dos personas puedan amarse toda la vida? Mis padres están cada día más enamorados –y más egoístas, añadió para sí mismo. La idea de ser como ellos le provocaba escalofríos y lo ayudaba a mantener controladas sus emociones.

–¿Y eso no te parece maravilloso?

–El amor de mis padres nunca les impidió tener aventuras e infidelidades. Siempre acababan reconciliándose, aunque los divorcios nunca fueron amistosos y los matrimonios eran un filón de oro para la prensa.

–¿Cuántas veces...?

–Se casaron tres veces y hasta el momento se han divorciado en dos ocasiones.

–Debió de ser muy duro para ti...

Él la miró con dureza.

–Ahórrate la compasión, Mari. No la necesito. Mi abuelo me trajo a Inglaterra desde Argentina cuando tenía ocho años. Fue él quien me crió, y luego adoptó a Fleur.

–¿Vas mucho a Argentina?

–Ahora no. Al quedarse viuda mi abuela volvió a su país natal, España, y yo pasé algún tiempo allí –le tendió una tarjeta–. Este es mi número. Llámame si tienes alguna pregunta. ¿Adónde quieres que te lleve?

–He venido en mi coche –respondió ella débilmente–. ¿Qué pasará ahora?

–Nos casaremos. Será sencillo y rápido.

Mari tragó saliva.

–¿Cuándo?

–Estaremos en contacto.

Capítulo 6

MARI estaba haciendo la maleta cuando sonó su móvil. Lo encontró bajo un montón de ropa interior y vio que era Chloe, la que había sido su colega desde hacía dos años. Sería una de las personas a las que Mari echaría más de menos, además de los niños.

Pero no era el momento para lamentarse.

–¡Hola, Chloe!

–¿Es cierto? ¿De verdad te han despedido? –la chica no le dio tiempo a responder–. ¿Pueden hacer algo así?

–Sí, puesto que mi contrato es temporal y acaba a final de curso –poco antes le habían insinuado que tal vez le ofrecieran un contrato indefinido, pero nada de eso iba a ocurrir–. Me darán una baja remunerada y buenas referencias.

¿Le daría también Sebastian buenas referencias cuando acabase su contrato? Sofocó un brote de histeria y escuchó los lamentos de su amiga.

–Me parece increíble, Mari. A mí y a todos... Eres la mejor profesora de la escuela.

A Mari se le llenaron los ojos de lágrimas.

–¿Qué vas a hacer?

–Creo que haré algún viaje... –respondió vagamente, igual que había hecho el día anterior al visitar a Mark. Su hermano, a diferencia de Chloe, apenas mostró interés en sus planes. Solo sabía hablar de los preparativos para su traslado.

–Sabía que si te tragabas el orgullo todo saldría bien –le había remachado–. No sé lo que le habrás dicho, pero está claro que ha funcionado. Seb ha hecho lo correcto.

–No le he dicho nada. ¿Cómo sabes que ha sido él?

–¿Quién si no? Y no pongas esa cara... Siempre te las arreglas para estropearlo todo con tu sentimiento de culpa. De esta manera todos salimos ganando... Seb podrá tener la conciencia tranquila después de rascarse el bolsillo por un pobre lisiado, y tampoco es como si me debiera nada. Al fin y al cabo estoy aquí por su culpa.

La honestidad innata de Mari no pudo seguir soportándolo. Se sentía terriblemente culpable por no haber ayudado más a su hermano, y no perdió la ocasión que se le presentaba para descargar la culpa en otra persona.

–Sabía que podía contar contigo, hermanita... Como siempre.

Sin embargo, al evitar mirarla a los ojos, Mari supo que sospechaba algo, pero que no quería saber cómo. Su hermano siempre había tenido el don para ignorar verdades incómodas.

Era una habilidad que Mari le envidiaba.

Estaba esperando a que llamaran a la puerta, pero de todos modos dio un respingo al oír los golpes.

Lo que no esperaba era que fuera a buscarla Sebastian en persona, y al verlo se quedó boquiabierta y aturdida por la ráfaga de virilidad que la arrolló como un tren de mercancías.

Parpadeó como si saliera de un trance y confió en que sus rodillas la sostuvieran.

—¿Qué haces aquí? —le preguntó en un tono más acusador del que pretendía.

Él arqueó las cejas y, sin decir nada, entró en el salón y escrutó la estrecha estancia con su mirada crítica.

—Dije a la una en punta. ¿No estás lista?

Mari intentó ignorar sus bruscos modales y asintió fríamente, señalando la maleta que estaba en el sofá.

—Claro que lo estoy. ¿Tengo que ponerme la diadema? —le preguntó con sarcasmo para intentar ocultar una repentina oleada de inseguridad.

—¿De qué estás hablando?

—No sé, quizá debería llevar algo más... —se miró los vaqueros, la chaqueta corta y la camiseta amarilla sin mangas que dejaba a la vista el ombligo.

Él la miró inexpresivamente de arriba abajo.

—Estás muy bien así. Solo es una visita a la oficina del registro.

Verdaderamente sabía cómo hacer que una chica se sintiera bien, pensó ella, furiosa consigo misma por haberle dado a entender que buscaba su aprobación.

—No te esperaba a ti. Pensé que enviarías a alguien a recogerme.

Su compostura era solo superficial, y no podía permitir que él se diera cuenta de lo nerviosa, confusa y asustada que estaba por dentro.

—¿Cuánto tiempo durará?

Seb alzó la vista de la franja de vientre liso y carraspeó, recordándose que aquello solo eran negocios.

—¿El vuelo o...?

—Las dos cosas.

—El avión de la empresa estaba disponible, así que

no mucho. Lo he organizado todo para que podamos casarnos de camino al aeropuerto.

—Eso suena ideal —hablaba en voz clara y despreocupada, pero Seb advirtió el temblor de sus manos mientras evitaba mirarlo a los ojos. Le recordó a un animal enjaulado.

Y ella lo acusaba de ser orgulloso... Sin duda preferiría caminar sobre ascuas antes que admitir que estaba nerviosa. Era un rasgo desconcertante, tanto como la exagerada lealtad que mostraba hacia su hermano.

—No pasa nada por estar nerviosa.

—No estoy nerviosa. Simplemente quiero acabar con esto cuanto antes.

—¿Ese es todo tu equipaje? —señaló la bolsa de viaje que había en el sofá.

—No sabía muy bien qué llevar —se apresuró a agarrar la bolsa antes que él—. Puedo yo sola —dijo en tono desafiante.

Él sonrió al ver cómo se la colgaba al hombro con tanto ímpetu que casi perdió el equilibrio.

—Por mí, estupendo.

Mari vivía en el cuarto piso de un pequeño edificio sin ascensor, y cuando iba por la tercera planta empezó a arrepentirse. No tuvo más remedio que tragarse su orgullo y detenerse para recuperar el aliento.

Él también se detuvo, pero sin jadear. Parecía una estrella de Hollywood en un plató equivocado. La pintura descascarillada y la alfombra roída no se correspondían precisamente con su entorno natural.

—¿Puedes? —le preguntó.

Ella apretó los dientes, se enderezó y sonrió. El peso la estaba matando, pero por nada del mundo admitiría su derrota ni aceptaría su ayuda.

—Estoy bien, gracias.

–¿Seguro que no necesitas ayuda?

–Sí –respondió escuetamente, pues necesitaba todo el aliento posible para bajar el último tramo de escalones. Se encontraron con una de sus vecinas, quien miró sorprendida a Seb.

–¿De mudanza?

–Vacaciones.

–Creo que no te ha creído –murmuró Seb.

–¡Calla! Va a oírte –lo reprendió Mari, luchando contra el creciente dolor en el hombro. Volvió a detenerse y posó la bolsa en el escalón, dándole a Sebastian el tiempo suficiente para que le ofreciera ayuda de nuevo. No la aceptaría, naturalmente, pero sería agradable poder elegir.

Él no dijo nada y ella reanudó el descenso, lamentándose por haber metido en la bolsa los libros y las botas.

–Los periodistas han llamado a todas las puertas del edificio. Creo que ofrecieron dinero por...

–Cotilleos –concluyó él. Estaba dos escalones por detrás de ella–. La verdad es que sorprendió –bajó un escalón y se detuvo justo encima de ella.

Demasiado cerca... Mari intentó dominar el pánico y dio un paso atrás.

–¿En serio? Creía que eran gajes del oficio.

–Y lo son, por eso me sorprendió no encontrar detalles escabrosos de tu vida amorosa en la prensa, fueran o no ciertos. Cualquiera diría que tienes un pasado sin mancha alguna –dejó de sonreír al pasar discretamente la mirada sobre sus atléticas curvas. La sensualidad que emanaba su cuerpo haría perder la cabeza a cualquier hombre, incluido él.

La diferencia era que él no cedería a sus bajos instintos, por muy fuerte que fuese la atracción. Iban a ser unos dieciocho meses muy largos...

Por mucho que escarbaran en su pasado no encontrarían nada, pensó Mari. Nunca había tenido un amante, pero no iba a admitirlo. De Adrian había estado, o había creído estar, enamorada. Por eso había sido una desilusión tan dolorosa. Había confiado en él y a cambio solo había recibido traición y rechazo. Desde entonces había preferido estar sola en vez de volver a arriesgarse con un hombre.

—A algunos nos gusta ser discretos...

—Sí, ya vi tu discreción en la iglesia —le recordó él.

Mari apretó los labios. Estaba harta de que se lo restregaran en la cara.

—¿Vas a seguir sacando el tema?

—Tienes razón —el enfado era una pérdida inútil de energía—. No estoy de muy buen humor.

Sorprendida por la confesión, Mari guardó silencio.

—Después de una larga ausencia, mis padres vuelven a ser noticia.

Un periodista de tres al cuarto había sacado a la luz una vieja historia de otra novia abandonada en el altar. Su padre había sido el novio, su madre la otra mujer, y su padre había dejado plantada a su nueva novia igual que había hecho Seb.

El único inconveniente de esa historia desde un punto de vista periodístico era que la mujer abandonada no se había sumido en una depresión, sino que había sido inoportunamente feliz combinando su carrera de médico con un marido y cuatro hijos.

—Harías bien en recordar que un matrimonio de conveniencia es muchísimo mejor que uno normal, de los que abundan ahí fuera —murmuró él, resistiendo el impulso de agarrar la maldita bolsa. Lo único que ella tenía que hacer era pedirle ayuda–. No había periodistas cuando he llegado –la tranquilizó al verla dudar en la puerta.

–¿Estás seguro? –se puso de puntillas para mirar por el polvoriento cristal de la puerta. No quería que la vieran salir con una bolsa de viaje y en compañía de Seb. Irónicamente, ninguna explicación podría ser tan disparatada como la verdad.

Él soltó un gruñido de irritación, le quitó la bolsa y salió por la puerta. Mari no tuvo más remedio que seguirlo, y se alivió al comprobar que nadie surgía de las sombras con una cámara. Junto a la acera había aparcado un enorme todoterreno con las ventanas tintadas.

–¿Vas a conducir tú?

–Me gusta conducir, a menos que quieras hacerlo tú... –ella negó con la cabeza–. ¿Qué dijo tu hermano de nuestro acuerdo? –él también era hermano, y no le inspiraba mucha confianza un hombre que dependía de su hermana para todo.

–No pido ni necesito la aprobación de mi hermano para nada.

Se le daba bien eludir las respuestas, pensó Seb mientras ella se subía al asiento trasero.

–¿No vas a preguntarme adónde vamos?

–Las oficinas del registro son todas iguales. Lo mismo da una que otra.

–Tu vida sería mucho más fácil si dejaras de comportarte como una víctima –comentó él.

Ella no respondió y giró la cabeza hacia la ventanilla.

–Si quieres estar en silencio por mí estupendo, aunque nunca he conocido a una mujer que pueda mantener la boca cerrada más de cinco minutos.

Mari se tragó una réplica y se contentó con lanzarle una mirada asesina a través del espejo retrovisor.

Un cuarto de hora después se detuvieron frente a un edificio de ladrillo rojo.

–Quince minutos... Estoy impresionado –admitió Seb.

Ella lo ignoró y miró el edificio.

–¿Es aquí?

–Aún faltan unos minutos. ¿Quieres que dé una vuelta más a la manzana? –sugirió él, reprimiendo el impulso de disculparse.

Si hubiera sabido que la oficina estaba situada en una calle donde la mayor parte de los escaparates estaban sellados o hechos añicos, habría buscado un lugar más alejado.

Mari negó con la cabeza, respiró hondo y salió del coche sin esperar a que él le abriera la puerta.

–No, estoy bien.

Nunca había estado peor en su vida...

–Seguramente se esté mejor dentro.

En realidad fue mucho peor, pero Mari apenas se dio cuenta. No era el lugar lo que le oprimía el corazón, sino intercambiar palabras vacías intentando que sonaran reales. Se sentía como una impostora y una hipócrita, corrompiendo algo que para ella era sagrado.

Al atravesar las puertas giratorias se encontraron con un grupo bullicioso y alegre. En el centro marchaban una novia con un minúsculo vestido blanco que no ocultaba su barriga de embarazada y un novio sin afeitar.

Mari giró la cabeza para echarles un último vistazo mientras abandonaban el edificio.

–Parecen muy felices.

Seb no supo si fue la expresión melancólica de su

rostro o que no hubiera hecho un comentario sarcás-
tico sobre la mujer que se casaba en avanzado estado
de gestación, pero mientras se dirigían hacia la sala se
sorprendió lamentándose por no haberle comprado
unas flores.

Capítulo 7

AUNQUE era casi medianoche, el calor del verano español la golpeó nada más bajarse del coche. Se concentró en las sensaciones físicas e intentó no pensar en la inquietud que llevaba oprimiéndole el pecho durante todo el viaje.

No soplaba ni la más ligera brisa. El último kilómetro y medio había transcurrido a través de lo que parecía un bosque de pinos, y el olor de los árboles impregnaba el aire, denso y agobiantemente caluroso.

Sacó su móvil y le envió un mensaje de buenas noches a su hermano.

—Es el décimo mensaje que le mandas —observó Seb. Lo sacaba de quicio que su hermano la estuviera usando sin que ella se diera cuenta. Y también su silencio sepulcral. No le había dirigido la palabra en todo el viaje, pero sí había seducido con su encanto natural al auxiliar de vuelo—. Veo que me equivoqué... Hay mujeres que saben mantener la boca cerrada.

Mari se indignó. Sebastian apenas había dicho nada durante todo el trayecto, ¿y solo rompía el silencio para criticarla?

—Si me hubieras hablado te habría respondido. Y si le mando mensajes a mi hermano es porque me preocupo por él —no quiso decirle que ni uno solo de esos mensajes había recibido respuesta.

Él giró la cabeza para examinar su perfil.

–¿Te estaría agradecido si supiera lo que has hecho por él?

–Eres tú quien paga su tratamiento. Esto ha sido elección mía.

–¿Y por qué no se lo has dicho?

–Mark ya tiene bastante y no necesita sentirse responsable de... ¿De qué te ríes?

–¿Te gusta ese mundo de fantasía en el que vives?

Mari le lanzó una mirada de profundo desprecio.

–Tú no puedes entenderlo.

–Ponme a prueba.

A Mari la sorprendió la invitación.

–Lo quiero. Es mi hermano –no tenía por qué darle más explicaciones, pero por algún extraño motivo siguió hablando–. Sé que no es perfecto, pero no ha tenido una vida fácil, habiendo sido rechazado por su madre.

–¿Es así cómo te sientes? ¿Rechazada?

Mari ignoró la interrupción.

–Dos hogares de acogida y el orfanato...

–¿No estuviste tú en esos mismos lugares?

Ella negó con la cabeza.

–No lo entiendes... Él estuvo en esos lugares por mi culpa. Lo habrían adoptado enseguida cuando éramos pequeños si hubieran podido separarnos, pero no lo permitieron.

–¿Por qué él y no tú?

–La gente quiere niños bonitos. Mark tenía un precioso pelo rubio y rizado y unos hoyuelos adorables, no como yo.

–¿No son bonitos todos los niños pequeños?

–Yo no. Era alérgica y tenía asma, pero lo peor eran los eczemas de mi piel. Había que pasarse horas limpiándome... –se estremeció al recordarlo–. Nadie

quiere dedicarle tanto tiempo a un bebé lleno de cos-
tras ni responsabilizarse de una niña con una enferme-
dad cutánea crónica. Dejaron a Mark conmigo, y cada
vez que una familia nos acogía mi mal genio nos llevaba de vuelta al orfanato. Así que ya ves... Sin mí,
Mark habría podido tener una vida muy distinta −ha-
bía que estar desesperada para abandonar a dos niños,
pero ¿y si solo hubiera sido uno...?

Oyó que él mascullaba en voz baja y se apresuró a
continuar, temiendo que fuera a compadecerse de ella.

−Pero no todo fueron desgracias... Nos adoptó una
pareja fantástica, Sukie y Jack...

−¿Vienes? −la interrumpió Seb, echando a andar
por la grava.

Sabía que era absurdo enfadarse con ella por no ser
una persona a la que pudiera despreciar. Era mucho
más fácil aprovecharse de alguien que se lo merecía.
Pero Mari no pedía nada y parecía que tampoco había
recibido nada. Había trabajado muy duro para salir
adelante y... qué demonios, era una mujer adulta. Si
quería desperdiciar su vida pagando una deuda ima-
ginaria, allá ella.

Mari empezó a andar, pero se detuvo. Él ni siquiera
se había molestado en girarse para ver si lo seguía. ¿Y
por qué habría de hacerlo? Ella había estado respondiendo como un corderito desde el momento en que
se subió al avión, en parte sobrecogida por un lujo del
todo desacostumbrado.

«¿Qué estás haciendo, Mari?».

Mari Rey-Defoe. Señora Rey-Defoe... Estaba casada. Tuvo que taparse la boca con las dos manos para
sofocar una risita.

Seb la oyó y se giró con irritación. Maldijo en voz
baja al ver que seguía junto al coche. Con aquella mu-

jer no había nada fácil. Se había propuesto hacerle la vida imposible, y cuando no podía montar una escena dramática lo incordiaba con pequeños detalles que se iban añadiendo a una frustración cada vez mayor.

Lo lógico habría sido echarla de su vida y levantar cuantos muros hicieran falta para mantenerla fuera. Y sin embargo allí estaba, levantando muros para mantenerla en su vida durante dieciocho largos meses. Dieciocho insoportables meses sin sexo, en compañía de una mujer que podía teñir de erotismo hasta un ronquido.

Se recordó que era un medio para alcanzar un fin. Se trataba de salvar miles de empleos y una sociedad que podría generar muchos más. Un medio para alcanzar un fin.

«Y el fin es tu cama», dijo una voz en su cabeza. La había desnudado tantas veces en su cabeza durante los últimos días que sentía como si conociera su cuerpo hasta el último detalle.

Ignoró el deseo que se desataba en su interior y se recordó que lo estaba haciendo por negocios. No se podían mezclar los negocios con el placer.

–Vamos –la idea de ducharse y acostarse se le antojaba apetecible, mientras que la idea de acostarse con Mari... Se imaginó su melena rojiza esparcida sobre las sábanas blancas, enmarcando un rostro que... Apretó la mandíbula en un desesperado y vano intento por contener la reacción de su cuerpo–. Por aquí. Mira donde pisas –apuntó con la cabeza hacia la casa.

Mari se quedó donde estaba. ¿Qué se creía, que era una perrita a la que podía llamar con un chasquido de dedos?

–Llevas mangoneándome todo el día...

No en el sentido literal. De hecho, parecía empeñado en no tocarla. Incluso cuando el juez dijo que podía besar a la novia, apenas le había rozado los labios.

Lo más humillante de todo era que ella se lo estaba permitiendo, lo cual no sentaba un buen precedente para los dieciocho meses que debía pasar con un hombre tan autoritario y controlador como Seb.

–Ya he tenido bastante –declaró, cruzándose de brazos–. Eres un fanático del control, y no pienso dar un paso más hasta que me digas dónde estamos.

–No seas tan infantil. Lo único que tenías que hacer era preguntar, pero estabas demasiado ocupada haciendo de víctima y lanzándome miradas asesinas.

–Me sorprende que te hayas dado cuenta. No has levantado la vista de esa maldita tableta en todo el trayecto.

–¿Te sientes desatendida?

–En absoluto –respondió ella altivamente–. Ha sido muy instructivo ver los buenos modales que se adquieren en las mejores escuelas... Y ahora te lo estoy preguntando.

Justo cuando Seb estaba a punto de perder los nervios, ella adoptaba una actitud desconcertantemente tranquila. Lo había acusado de ser un maleducado cuando ella apenas se había dignado a dirigirle la palabra.

–Muy bien, pero dentro –levantó la vista hacia el cielo, donde una nube estaba cubriendo la luna–. Va a haber tormenta.

–¿Cómo lo sabes?

Antes de que él pudiera responder se oyó un trueno lejano. Ella le lanzó una mirada feroz y se fijó en la casa de piedra que se elevaba siniestramente ante ellos, surgiendo del bosque como la mansión embrujada de una novela gótica. ¿Sería ella la damisela en apuros?

Casi se echó a reír al pensarlo. Nada más lejos de la realidad.

–Creo que me sentiría más segura aquí fuera. Esto no puede ser un hotel –un escalofrío le recorrió la espalda. Parecía el escenario de una película de vampiros.

–No, no es un hotel –le confirmó él–. Era un monasterio.

–¿Me has traído a un monasterio?

–Obviamente ya no es un monasterio. Lo fue durante un tiempo, una escuela, creo, y ahora es la casa de mi abuela. Su familia es de esta parte de España y su hermana gemela aún vive en las proximidades. Mi abuela volvió aquí al quedarse viuda.

–No te creo.

–Creía que te resultaría familiar ese vínculo especial entre los hermanos gemelos... Mi abuela y mi tía Marguerite son idénticas.

–Sabes a lo que me refiero... ¿Por qué ibas a traerme a casa de tu abuela?

–Porque mañana es su cumpleaños. No se encuentra bien, es la única abuela que me queda y prometí que vendría a verla.

–¡Dios mío! –exclamó ella con horror–. ¿Toda tu familia está aquí?

Por un breve instante pensó en salir corriendo, pero se recompuso y se concentró en la imagen de Mark en una silla de ruedas.

–No, no están aquí.

–Menos mal... Pero ¿tus padres no estaban en la boda?

–Mis padres están disfrutando de un crucero alrededor del mundo. No vinieron a mi boda y no vendrán aquí.

Mari advirtió algo extraño en su tono.

–Lo siento.

Él la miró, abrió la boca y la volvió a cerrar. Ella estaba moviendo los hombros para desentumecer los músculos y Seb se quedó fascinado con su sensualidad felina. Respiró hondo, sintiendo como una implacable ola de calor lo traspasaba como una hoja ardiente, y buscó una respuesta que evitara su compasión.

–Mis abuelos, tanto paternos como maternos, ejercieron un papel mucho más importante que mis padres en mi vida –apretó la mandíbula–. ¿No vas a decir eso de «al menos tú tenías padres»?

–Yo tuve padres. Como todo el mundo. La diferencia es que yo no los reconocería si me cruzara con ellos por la calle, ni ellos a mí. A veces me pregunto si... Cuando era pequeña les decía a todos que mi padre era un héroe de guerra y que mi madre era enfermera –se detuvo, asaltada por la sensación extraña e íntima de estar hablando a oscuras de la familia con un hombre al que apenas conocía, con quien se había casado y a quien había considerado su peor enemigo incluso antes de saber su nombre.

–¿Y? –la apremió él.

–La maestra lo descubrió y me hizo pedir disculpas en la clase por mentir.

–Qué sensibilidad... Espero que tú seas mejor profesora.

–Lo soy –no creía en la falsa modestia. Y también sería una madre mejor que la de Sebastian, quien tenía cosas mejores que hacer que acudir a la boda de su hijo.

Cuando sus hijos, a los que soñaba con adoptar algún día, celebraran algo especial ella no se lo perdería por nada del mundo.

Echó la cabeza hacia atrás y entornó la mirada para distinguir la forma del tejado.

–Me cuesta creer que alguien quisiera vivir aquí, y mucho menos una anciana –no supo si él la había oído, pero siguió el ruido de sus pisadas en la grava. Si lo perdía no sabría adónde dirigirse.

–Da menos miedo de día, cuando los murciélagos están durmiendo.

Mari aceleró el paso.

–Es una broma, ¿verdad?

–Los murciélagos no hacen nada. Tienen más miedo de ti que tú de ellos.

–¿Qué te apuestas a que no?

Su risa fue tan deliciosa que Mari tuvo que reprimir una sonrisa. Y también otras reacciones corporales... Sabía que los polos opuestos se atraían y que la atracción sexual era incontrolable e impredecible, pero nunca había sentido una fuerza magnética de tal calibre. En comparación, la atracción que había experimentado por Adrian resultaba insignificante.

Si Sebastian mostrara alguna otra virtud aparte del cariño hacia su abuela ella se vería en grave peligro, porque no tenía duda de que sería un buen amante. El estómago le dio un vuelco al pensar en sus manos, su boca...

–Puedes estar tranquila.

Eso era del todo imposible, estando cerca de un hombre tan varonil.

–La casa es muy acogedora y mi abuela es muy jovial a pesar de tener ochenta y dos años. Lógicamente no vive aquí sola... Una pareja vive con ella, y tiene un jardinero y un par de criadas que vienen del pueblo.

–No he visto ningún pueblo al venir hacia aquí –a

pesar de estar de espaldas a él, su proximidad le ponía los pelos de punta.

—Hemos venido por la carretera del norte. El pueblo está en el lado sur de la montaña.

La geografía del lugar no tenía ningún sentido para Mari, quien volvió a pensar en su hermano. ¿Le habría ocurrido algo? Mark no le había respondido a su último mensaje.

Sacó el móvil del bolsillo, pero antes de que pudiera marcar el número de Mark una mano se lo arrebató.

—¡Devuélvemelo!

Seb se lo guardó tranquilamente en el bolsillo mientras Mari lo miraba con los puños apretados y el rostro desencajado en una mueca de ira.

—¿No sabe estar sin ti? —le preguntó él con desdén mientras un búho ululaba a lo lejos.

—Nos apoyamos el uno al otro.

Seb se esforzaba por mantener una actitud objetiva hacia el pobre joven, pero la forma en que usaba a su hermana y cómo jugaba con su injustificado sentimiento de culpa le impedía compadecerse de él.

«¿Y acaso tú no la estás usando?».

Se dijo a sí mismo que las situaciones no podían compararse; ella no perdía nada en aquel justo intercambio. Dieciocho meses con él era mejor que desperdiciar su vida cuidando de un inútil para quien nada de lo que ella hiciese era suficiente.

—Eso te gustaría creer, ¿verdad? Pero no eres tan tonta... ¿a que no, Mari?

Mari agradeció que estuviera oscuro y que él no pudiera ver cómo se ponía colorada. Tenía que admitir que había algo de cierto en la insinuación de Sebastian. Ella conocía muy bien los defectos de su hermano, pero no soportaba que nadie más lo criticara.

–¿No leíste los folletos de la clínica Atler?

Para Mari fue un alivio que cambiase de tema, aunque le costó unos segundos relacionar el nombre con la clínica especializada en la rehabilitación de casos como el de Mark.

–No sabía que hubiera un examen –respondió, reacia a admitir que había leído la primera página media docena de veces antes de dejarlo. Había tenido otras cosas en que pensar, como por ejemplo su matrimonio de conveniencia.

Seb tuvo que refrenarse para no aproximarse a ella, atraído por la embriagadora fragancia de su perfume o de su champú. La oscuridad brindaba el medio ideal para superar las inhibiciones.

El aire parecía vibrar de manera casi audible, no por la tormenta inminente sino por el torrente de hormonas desatadas que bullían en su entrepierna.

El sexo siempre desafiaba la lógica, pero no su control. Seb se enorgullecía de su habilidad para sofocar los impulsos.

–No recomiendan las visitas durante el periodo inicial. El régimen parece más propio de un campamento militar.

–¿En serio?

–Cuando empiece el verdadero tratamiento, tu hermano te suplicará que lo saques de allí... y naturalmente tú correrás a salvarlo aunque no sea lo mejor para él. Si estás aquí conmigo tendrás una buena excusa para no acudir a su rescate.

Su tono arrogante y despectivo fue demasiado para Mari. Lo agarró con fuerza del brazo y cómo se sentaban sus músculos antes de que él se echara hacia atrás.

–No te gusta mi hermano, ¿verdad?

–No.

–¿Porque no ha nacido en un entorno privilegiado como el tuyo? Pues para que lo sepas, ¡mi hermano también tiene su orgullo aunque su sangre no sea lo bastante digna para ti!

–Creía que el orgullo era un defecto... ¿O solo es así cuando se trata de mi orgullo?

Mari se dio cuenta de que seguía agarrándolo del brazo... con las dos manos. Se aferraba a sus fuertes músculos como si la vida le fuera en ello, y sentía el calor palpitante que se transmitía a sus dedos y que se propagaba por todo su cuerpo.

–Tu orgullo te hace creerte superior simplemente porque eres tú. Pues bien, mi hermano te demostrará que estás equivocado –le estaba costando un esfuerzo sobrehumano retirar las manos. El corazón le latía con fuerza, esperando...

«¿Esperando qué, Mari?».

El tiempo pareció detenerse. Su fuerza de voluntad se resquebrajaba por momentos. Haciendo un último y desesperado intento sacudió la cabeza y consiguió romper el contacto físico y el hechizo. Se llevó las manos al pecho y dio un paso atrás, pero pisó un adoquín irregular y activó sin querer una luz de seguridad.

Todo el área se iluminó al instante, revelando un patio. Mari se protegió los ojos con la mano. El olor que había notado se hizo más intento y vio que procedía del tomillo que crecía entre los adoquines. Tras el anonimato que ofrecía la oscuridad se sentía expuesta y horriblemente vulnerable.

Por primera vez vio el edificio. Sus orígenes eclesiásticos eran evidentes en la arquitectura, pero la hiedra que reptaba por los muros y los grandes abrevaderos de piedra llenos de flores bajo las enormes ventanas con parteluces suavizaban su imponente aspecto.

Pero no fueron los geranios lo que atrapó su atención, sino la expresión en los ojos de Sebastian. Entonces le cayó en la cara la primera gota de lluvia, seguida por otra, y otra. El momento se desvaneció y Mari levantó el rostro hacia el cielo con un suspiro. Nunca una ducha fría había sido más oportuna.

–Por aquí –dijo él. La condujo hacia un amplio porche de roble y levantó el pasador de una puerta grande y maciza.

–¿Qué pasa con los murciélagos?

–Son unas criaturas con colmillos afilados que se lanzan a lo desconocido con solo su instinto para protegerlos. Creía que tendrías algo en común con ellos...

Mari pasó bajo su brazo para cruzar la puerta y se encontró en una cocina. Apenas tuvo tiempo para asimilar sus enormes dimensiones o lo último en diseño, junto al horno de vapor con las losas de piedra originales y las viejas vigas de roble, cuando la asaltó una duda.

–¿Cómo puede ser esto? Se supone que estás en tu luna de miel –espetó, sin pensar en lo imprudente que sería recordarle dónde y con quién debería estar en esos momentos.

La expresión de Sebastian, sin embargo, no revelaba nada.

–El plan era que Elise se fuera a las Maldivas después de la boda y que yo la acompañara el fin de semana.

–¿Iba a irse sola a la luna de miel? ¿No te parece que es llevar demasiado lejos lo de la independencia?

En ese momento dos pequeños perros irrumpieron en la cocina, ladrando fuertemente. Sebastian se inclinó para acariciarlos y hablarles en español, demostrando un afecto mucho mayor del que Mari le había visto con personas. Tal vez prefería a los animales... igual que ella a veces, pensó con una media sonrisa.

Él se irguió justo cuando un perro del tamaño de un pequeño burro entró tranquilamente en la cocina. Batió el rabo y se quedó quieto mientras Sebastian le rascaba detrás de las orejas.

–¿Qué decías? –le preguntó al sorprenderla mirando, seguramente con una expresión bobalicona.

–Nada, pero no me haría ninguna gracia que mi marido prefiriera pasar los primeros días de nuestra luna de miel con su abuela en vez de conmigo.

–No ha sido así, ¿verdad?

Mari se puso colorada.

–No es lo mismo. Esto solo son negocios.

–¿Esperarías entonces que tu marido, tu marido de verdad, te antepusiera a todo: trabajo, familia, responsabilidades...? Mi abuela no se quedará aquí eternamente.

–Te habría acompañado a verla. Quiero decir, en el hipotético caso de que...

Sus ojos se encontraron y Mari vio un destello en su mirada, antes de que volviera a agacharse para acariciar a uno de los perros que seguían a sus pies, que se puso a ladrar alegremente y a lamerle la mano con devoción canina.

–¿Qué le has contado a tu abuela de mí?

Seb no tuvo tiempo de responder, porque en ese momento entró en la cocina un hombre bajo y barbudo, ataviado con una bata y zapatillas y portando un rifle, que bajó al ver a Seb. Llena de pánico, Mari se había refugiado instintivamente detrás de la mesa, y se relajó ligeramente cuando el hombre armado estre-

Capítulo 8

MARI estaba convencida de que no podría pegar ojo, pero finalmente cayó rendida. No supo cuánto tiempo estuvo durmiendo, pero aún estaba oscuro cuando se despertó con el cuerpo empapado de sudor y el corazón desbocado. Los restos de la pesadilla se desvanecieron ante la realidad, mucho peor que el monstruo que la perseguía en sueños.

—¡Estoy casada!

Siempre había soñado con casarse, formar una familia y vivir junto a un hombre con quien pudiera bajar sus defensas y entregarse por completo. A veces lo veía en sueños, pero al despertar su rostro se desvanecía como el humo.

«¿Qué es lo que he hecho?».

Se incorporó en la cama, respirando con agitación y aferrando las sábanas arrugadas.

Había cometido un error, un terrible error.

«Dieciocho meses, Mari. Solo tienes que resistir durante dieciocho meses y luego podrás volver a tu vida. No volverás a verlo nunca más».

Se tumbó boca arriba y contempló las vigas oscuras contra el techo blanco. Había dejado abiertas las puertas del balcón, pero no entraba el menor soplo de chó la mano de Seb y se dirigió animadamente a él en español.

Seb le respondió en el mismo idioma e intercambiaron unas cuantas frases antes de volverse hacia Mari.

–Tranquila, no está cargada –le dijo algo al hombre, quien se echó a reír, dejó el rifle en la mesa y le dijo algo a Mari mientras movía las manos–. Tomás dice que es un viejo inofensivo –tradujo Seb, y dijo algo que hizo reír otra vez al hombre–. Dice que no tengas miedo. Lo llamé desde el aeropuerto para informarlo de nuestra llegada. Mi abuela ya se ha retirado, pero tu habitación está lista.

Mari consiguió esbozar una temblorosa sonrisa. El hombre asintió y volvió a salir de la cocina, haciéndole un gesto para que lo siguiera.

–Ve –la acució Seb–. Tomás te enseñará tu habitación. Si necesitas algo...

Ella lo miró fugazmente a los ojos y sintió que se ponía colorada.

–No, nada.

aire y lo único que se oía era el suave giro del venti-
lador. El silencio la oprimía contra la cama, y la cabeza le daba vueltas mientras pensaba en lo que suce-
dería a continuación.

Intentó bloquear los pensamientos negativos. A Sebastian le gustaban los perros y quería mucho a su
abuela...

Por Dios, ¿cómo había llegado a aquella situación?
Volvió a incorporarse y sintió que le rugía el estómago.
Sabía por experiencia que un vaso de leche caliente
era lo único que podría ayudarla a conciliar el sueño,
de modo que se levantó y sacó de la bolsa lo primero
que encontró: un bolero de encaje que se puso sobre
el camisón.

El pasillo, con sus paredes llenas de arte moderno,
seguía iluminado a intervalos por los candelabros de
cobre que tanto la habían fascinado mientras Tomás
la conducía a su habitación.

¿Hacia dónde seguir? ¿Izquierda o derecha? Recordó una virgen tallada en madera en lo alto de la escalera, pero no vio nada de eso a ningún lado del pasillo.
Tan solo una interminable sucesión de puertas.

«Es inútil, Mari. Vuelve a la cama».

Pero aún no quería abandonar. En vez de hacer
caso al sentido común, recorrió el pasillo hasta dar
con un balcón de hierro forjado similar al que había
en su habitación. Se dio la vuelta con un suspiro... y
se quedó helada al ver una imagen espectral delante
de ella. Un grito de espanto brotó de sus labios y se
llevó la mano a la boca, y lo mismo pareció hacer el
fantasma.

Solo entonces se dio cuenta de que estaba ante un
espejo. Soltó una carcajada de alivio, pero aún tem-

blaba por la impresión y se agarró al pomo de la puerta
más cercana en busca de apoyo.

—Los fantasmas no tienen el pelo rojo.

Aunque hubiera estado durmiendo, el grito lo habría despertado, un chillido de terror que le congeló la
sangre.

—¿Mari...? —con el corazón desbocado, se levantó
de un salto de la inmensa cama de roble y echó a correr hacia la puerta.

Por suerte la habitación no estaba del todo a oscuras, gracias a la pequeña lámpara de la mesa del rincón
donde había dejado un libro abierto. Agarró el pomo y
tiró con tanta fuerza que a punto estuvo de arrancar la
hoja de las bisagras... arrastrando el peso adicional de
la persona que estaba aferrada al otro lado del pomo.

Mari se vio arrastrada sin previo aviso al interior
de la habitación. A duras penas consiguió mantener el
equilibrio y sufrió una severa restricción de su campo
visual. Una cosa era ver fantasmas, y otra muy distinta, y muchísimo más inquietante, era ver a Seb en
carne y hueso con unos boxers negros...

Levantó lentamente la mirada desde sus pies descalzos, cuanto más ascendía más calor la abrasaba por
dentro, más mariposas sentía en el estómago y más
fuerte le latía el corazón.

Era magnífico, sin un gramo de grasa que deslu-
ciera la perfección de sus músculos. Parecía una es-
cultura que hubiese cobrado vida. Mari nunca había
visto, ni imaginado, un hombre tan arrebatadoramente
varonil. El cóctel de inquietud y excitación que le hervía en el estómago le impidió elaborar un pensamiento
mínimamente racional.

–Iba a por un vaso de leche –se oyó decir a sí misma–. Pero vi un fantasma y... –lo miró a los ojos–. No un fantasma de verdad, claro, pero...

–Seguramente haya algunos fantasmas deambulando por la casa –le sostuvo la mirada y cerró la puerta con el pie.

Mari miró la puerta cerrada y volvió a girar bruscamente la cabeza hacia él.

Estaba nerviosa, cuando debería ser él quien lo estuviera. ¿Cómo no iba a estarlo, cuando ella se dedicaba a vagar por la casa de noche vestida como...? Ni siquiera estando desnuda sería más provocativa que el camisón diáfano que llevaba puesto. La prenda no podía ser más recatada, con mangas largas y cerrada por el cuello con un lazo, pero estando a contraluz el tejido blanco se volvía transparente, tan fino que se podía distinguir el perímetro rosado de los pezones y la sombra entre los muslos...

Mari se humedeció los labios con la lengua e intentó mantener la compostura, pero fracasó estrepitosamente ante la ardiente mirada de Sebastian.

–Qué habitación tan grande... –murmuró a modo de conversación.

Se encogió de vergüenza. No podría parecer más ridícula aunque lo intentara.

Seb tuvo una imagen fugaz de su perfil clásico y su melena encendida bajo la atenuada luz del pasillo. Le recordó a una de esas vírgenes de las películas de terror antiguas a las que el héroe tenía que rescatar antes de que las sacrificaran.

Se pasó una mano por el pelo y esbozó una socarrona sonrisa para sacudirse el deseo de encima. Aquella mujer parecía pasar de una crisis emocional a otra, pero para él no había nada más importante que el autocontrol.

–¿Qué era tan importante que no podía esperar a mañana? –preguntó en tono burlón–. ¿Dónde es el fuego?

–¿Fuego? –repitió ella.

Si no había ninguno podría provocarlo ella... La sensualidad que irradiaba prendería cualquier cosa en un radio de cien metros. Pero por atractiva y tentadora que fuese, Mari Jones no estaba destinada a compartir su lecho. Aunque para Seb no fuera esencial mantener una relación estrictamente profesional, ella no era el tipo de mujer con quien se permitiera tener ningún tipo de aventura.

Pero le resultaría mucho más fácil contenerse si no fuera tan atractiva o si al menos tuviera algún defecto físico. Apartó la vista del camisón que empezaba a ceñirse con una carga electrostática a sus larguísimas piernas, volvió a fijarse brevemente en la sombra del pubis y se obligó a concentrarse en los muchos defectos que podían encontrarse en su personalidad.

Por ejemplo, su temperamento y cabezonería, pensó mientras empezaba a sudar. Pero sobre todo la exagerada emoción que le ponía a todo lo que hacía. Lloraba, reía, gritaba, luchaba sin la menor mesura. Pobre del hombre que intentara domesticarla... Haría falta la paciencia de un santo para acometer semejante desafío.

Aquella idea le hizo recordar algo que creía olvidado. El día que sus padres consiguieron que algo tan normal y corriente como un paseo ocupara los titulares de la prensa rosa. El momento en que su madre empujaba a su padre al lago fue inmortalizado por la cámara, al igual que la posterior reconciliación, pero lo que Seb recordaba era la sensación de vergüenza y náuseas en el estómago y el deseo de salir corriendo.

Sus padres no se dieron cuenta de que su hijo de tres años había desaparecido hasta la noche.

El recuerdo le permitió recuperar algo más de control y dio un paso atrás.

A Mari le dio un vuelco el estómago al mirarlo. Parecía la versión moderna de un dios griego, con aquellos boxers ceñidos que poco espacio dejaban a la imaginación, aquel pelo negro en punta, aquella recia mandíbula oscurecida por una barba incipiente...

–Lo siento. Ha si... sido una equivocación.

–Posiblemente –corroboró él–. Tranquilízate, estás temblando –le agarró las manos y las apretó entre las suyas.

Seguramente lo hacía para calmarla, pero el efecto fue el contrario. Mari reaccionó como si la hubieran aguijoneado con un rejón, extendiendo los brazos para romper el contacto.

–Estaba buscando la cocina. ¿Voy a la derecha o a la izquierda?

Él no respondió, y Mari esperó hasta que el silencio se hizo insoportable.

–¿Has oído lo que he dicho?

–Ha sido un día muy largo. Le diré a Tomás que te lleve...

–¡No se te ocurra despertar al pobre hombre y dime cómo llegar a la cocina! –sacudió la cabeza, demasiado estresada para interpretar la extraña mirada de Sebastian–. Por favor, Seb.

–Si vas tú sola te perderás. Te acompañaré –dijo él, sin moverse.

–¡No!

–¡Sí! –los dos hablaron y se movieron al mismo tiempo, chocando el uno con el otro.

No se podían elegir los genes, pensó él. Y luchar contra la naturaleza era una batalla perdida...

–Después –murmuró, y la agarró para apretarla con fuerza contra él, con una mano en el trasero y la otra entrelazada en sus cabellos. Le tiró de la cabeza hacia atrás y pegó la boca a la suya.

Ella se rindió al instante, cálida y suave. Le echó los brazos al cuello y soltó un débil gemido mientras le devolvía el beso. La pasión se hizo más y más salvaje hasta que Seb la apartó con un gruñido y se dio la vuelta.

–Sal de aquí –le ordenó–. Huye mientras puedas.

El inesperado rechazo la dejó temblando. Aún sentía la fuerza de sus brazos y la dureza de su erección contra el vientre. Se mordió el labio y entonces decidió mandar el orgullo al infierno. No le importaba la imagen que pudiera darle. Lo deseaba, y si tenía que suplicarle que la aceptara lo haría, arriesgándose a que la rechazara.

–Déjame que me quede... Por favor, Seb. No quiero marcharme –nunca había sentido un deseo tan fuerte en toda su vida. La excitación le hervía la sangre en las venas.

Él se dio la vuelta, la miró y con un gemido ronco la estrechó entre sus brazos y se la llevó a la cama. Allí se arrodilló junto a ella, apartándole los cabellos de la frente y la mejilla y esparciéndolos sobre la almohada. A Mari le dio un brinco el estómago al ver la intensa concentración reflejada en su rostro. Él se agachó y empezó a besarla suavemente, pasando la lengua por el labio inferior antes de introducirla en su boca para saborearla a conciencia. Llevó una mano hasta un pecho y lo apretó a través de la tela, acariciando el pezón con el pulgar. Acto seguido se lo metió en la boca, humedeciendo el tejido y arrancándole un gemido de placer.

Mari se arqueó, entrelazó los dedos en su pelo y se tensó un poco cuando él deslizó las manos bajo el camisón y las subió por sus muslos, pero enseguida se relajó y volvió a apoyar la cabeza en la almohada, porque las sensaciones eran maravillosas y se desataban en su interior como una tormenta eléctrica. La frenética escalada acabó bruscamente cuando él se incorporó, y ella abrió los ojos para manifestar su contrariedad.

–Llevas demasiada ropa –dijo él, y en cuestión de segundos la despojó de la pequeña chaqueta.

Sin darle tiempo para pensar, agarró el bajo del camisón con las dos manos y tiró con fuerza. La costura central se rasgó de abajo arriba hasta que lo único que sujetó las dos mitades fue el lazo. Manteniéndole la mirada y con una maliciosa sonrisa, le desató muy despacio el lazo y terminó de separar la prenda en dos. Mari cerró los ojos y aspiró su olor, cálido y almizclado, enloquecedoramente embriagador.

–Mírame.

Ella obedeció, y el deseo golpeó a Seb con tanta fuerza que casi le detuvo el corazón. Era increíblemente hermosa y su cuerpo era una obra de arte, desde sus pechos, turgentes y perfectos, hasta las largas y esbeltas piernas que él se imaginaba rodeándolo por la cintura.

–¿Tienes idea de cuánto te deseo? –se quitó los boxers y su ego fue recompensado con una exclamación ahogada de Mari.

El primer contacto piel contra piel prendió una llamarada que se propagó velozmente por todo su cuerpo, y siguió ardiendo mientras él la besaba y tocaba. Se puso rígida un instante cuando le separó las piernas, pero se relajó al sentir el calor líquido que la recorría por dentro.

Él se tumbó de espaldas y ella empezó a explorarlo ávidamente con sus manos, fascinada por la virilidad y perfección de sus músculos. Experimentó una embriagadora sensación de poder femenino cuando le rodeó el miembro con los dedos y lo oyó gemir de placer. Tanto, que cuando él le apartó las manos y se las sujetó sobre la cabeza emitió un gemido de protesta.

—Tengo que guardar algo para ti —le susurró al oído—. Déjame dártelo todo, Mari.

—¡Sí, por favor!

Su desesperada súplica lo hizo gruñir de lujuria mientras la besaba.

—No me acosté con Adrian.

Él levantó la cabeza y la miró con ojos llameantes.

—Bien.

—Ni con nadie.

Él se quedó un momento inmóvil y con todos los músculos en tensión.

—Demasiado tarde... ¿Quieres que pare?

—No... No quiero —se estremeció por la expectación, pero se relajó al recibir la primera embestida. No sintió la temida explosión desgarradora, sino un placer indescriptible que colmaba hasta el último rincón de su cuerpo. Soltó un gemido y él empujó más, imitando con la lengua el movimiento de las caderas.

El instinto le hizo rodearle la cintura con las piernas mientras se arqueaba debajo de él, con todo el cuerpo apretado, clavándole los dedos en la espalda. Se aferró a él como si fuera lo único que pudiera salvarla del torbellino que amenazaba con desintegrarla. Las acometidas de Seb aumentaron de velocidad e intensidad, colmándola de un placer cada vez mayor hasta que el orgasmo la sacudió con una fuerza arrolladora.

Se mantuvo agarrada a él y gritó su nombre una y otra vez mientras sentía cómo se vaciaba dentro de ella, antes de estremecerse una última vez y girarse de costado.

Por unos instantes se sintió perdida, pero entonces él la abrazó y le hizo apoyar la cabeza en su pecho. Mari se quedó dormida escuchando los latidos de su corazón.

Seb esperó la sensación de vacío postcoital que siempre lo acuciaba a abandonar el lecho. Nunca lo reconocía conscientemente, pero si lo hiciera lo vería como un precio perfectamente razonable por conservar el control de sus actos y emociones.

Pero en vez del vacío experimentó una extraña sensación de paz. Antes de poder analizarla, sin embargo, se dio cuenta de que por primera vez en su vida no solo había perdido el control, sino que no había usado protección. No había sido premeditado, pero un sexto sentido le dijo que no podía esperarse el beneficio de la duda por parte de Mari.

Capítulo 9

MARI soñaba que alguien golpeaba la puerta y llamaba... no a ella... no era su nombre... Hablaba en una lengua extranjera, fluida y agradable al oído, pero cada vez más fuerte. Mari se despertó y yació boca arriba, sonriente y satisfecha. Se estiró y sintió un calambre en los gemelos.

–¡Ay! –se tapó un bostezo con la mano y la sábana se deslizó hacia abajo. Estaba desnuda, en... ¿Dónde? Los recuerdos la invadieron de golpe justo cuando llamaron fuertemente a la puerta y se oyó la voz de una mujer, la misma voz que había oído en sueños.

–¡Sebastian! ¡Sebastian!

Mari no se había despertado aún del todo, pero reaccionó en una milésima de segundo. Se metió bajo el guiñapo de sábanas y formó un ovillo con su cuerpo en un desesperado intento por desaparecer.

Esperó con la respiración contenida y el corazón latiéndole a un ritmo frenético. Oyó unas pisadas en el suelo de madera y cómo los golpes en la puerta se hacían más y más fuertes. Convencida de que iba a ser descubierta, esperó con la resignación de una mujer condenada, preguntándose si sería menos humillante mostrarse antes de que la encontraran. ¿Podría morir una persona de vergüenza? Siempre que no muriese antes asfixiada...

Su cerebro, cada vez más privado de oxígeno, ima-

ginó varios titulares a cada cual más obsceno. Pero Sebastian no permitiría que el asunto llegara a la prensa y
acallaría todos los rumores para no añadir más ofensas
al nombre de su familia.

La necesidad por llenarse los pulmones de aire era
cada vez más acuciante. Tendría que decidir entre respirar y delatarse o ahogarse bajo las mantas. No tenía
elección y abrió la boca para tomar aire, pero el sonido fue disimulado por el chirrido de una puerta al
abrirse.

–¡Mamina!

Mari pegó las rodillas al pecho y se abrazó con
fuerza, intentando ser lo más pequeña posible. Con un
poco de suerte pasaría por un montón de mantas re-
vueltas para cualquiera que la mirase. Siempre que no
hiciera una estupidez como ponerse a toser...

Bajo las mantas hacía un calor agobiante y empezó
a sudar copiosamente, pero fuera seguían hablando.
Apretó los dientes y se concentró en respirar de manera superficial y silenciosa, mientras crecía el temor
por ser descubierta.

No podía ni imaginarse lo humillante que sería la
situación...

Justo cuando pensaba que no podía estar peor, sufrió un tirón en el gemelo y tuvo que morderse el labio
para no gritar de dolor. El calambre fue tan intenso que
a punto estuvo de delatarse, pero cuando el dolor empezó a disminuir se percató de que las voces se habían
callado y que unos pasos se dirigían hacia la puerta.

–Ya puedes salir –le dijo Seb después de que la
puerta se cerrara.

Sonrió con sarcasmo cuando la cabeza de Mari
asomó bajo las mantas, despeinada y con las mejillas
coloradas. No se parecía en nada al ángel durmiente

de rasgos perfectos al que Seb había dejado descansar a regañadientes.

Mari sintió una sacudida en el pecho que la hizo olvidarse de la indignación. Si Seb le sonriera más a menudo se encontraría en serios problemas... O mejor dicho, ya tenía serios problemas. Consiguió mantener el ceño fruncido mientras él se apartaba de la pared.

—Mi abuela —le explicó, mirándola fijamente a los ojos.

—Eso ya me lo había imaginado. Lo que no me explico es por qué te has puesto a hablar con ella. Sabías que yo estaba...

—¿Debajo de las mantas?

—¿Qué otra cosa podía hacer? —le espetó ella. En un intento por conservar un mínimo de dignidad, sostuvo la sábana a la altura de los hombros y se sentó sobre las piernas, flexionando los dedos para aliviar los dolores de la pierna.

—Pues no sé... ¿Qué tal presentarte?

—Ah, claro, eso sí que habría estado bien. Hola, soy la mujer de su nieto... ¡No sé lo que le has contado de mí!

El resentimiento de Mari se mezcló con las libidinosas fantasías que la visión de su cuerpo le provocaba. Se veía que acababa de salir de la ducha, y seguramente no había oído los golpes en la puerta. Se había puesto un albornoz que le llegaba a la mitad del muslo y su piel, todavía salpicada de humedad, relucía como oro bruñido contra la tela negra.

—Creía que afrontabas casi todas las situaciones de una manera más directa.

Mari meneó la cabeza para sacudirse los eróticos recuerdos de la noche anterior y adoptó una expresión fría y serena.

–Lo que en su momento parecía una buena idea puede ser un grave error a la luz del día.

La mirada de Seb la hizo encogerse.

–¿Eso ha sido para ti? ¿Un error?

El hecho de que él también lo viera como un error no mitigaba la indignación de Seb. Él no se había escondido bajo las mantas, pero se había dado una ducha helada para eliminar el olor de Mari. Por desgracia no podía hacer lo mismo con los recuerdos de lo que habían hecho.

–No... lo de anoche... No me refiero a lo de anoche, sino a la boda. Lo de anoche fue... –se le quebró la voz. No podía decirle que había sido «especial» a un hombre que se había acostado con Dios sabía cuántas mujeres. Para él solo había sido sexo, pero para ella habían hecho el amor. Tragó saliva para no echarse a llorar. Debería estar agradecida de que su primera vez hubiese sido tan especial. Conocía a muchas mujeres que no habían tenido tanta suerte, y algunas historias la habían hecho reafirmarse en su castidad.

Pero hasta la noche anterior no había sabido lo que se estaba perdiendo... No sabía por qué lo había hecho, pero sí tenía la plena certeza de que si volviera a tener la oportunidad lo haría de nuevo.

–Una cosa no habría pasado sin la otra –dijo él.

Ella asintió con cautela, sin saber muy bien lo que quería decirle.

–Y tú seguirías siendo virgen –añadió Seb, asqueado consigo mismo.

Pero mentiría si no reconociera la excitación que lo invadía al saber que había sido el primero. Era aquel instinto primario el que desataba los celos y el resentimiento porque ella le quitara importancia a lo ocurrido.

Mari puso los ojos en blanco y suspiró para intentar ocultar su incomodidad.

—¿Tenemos que hablar de esto?

—Lo siento si el tema te aburre, pero sí, tenemos que hablar.

Ella lo observó y ladeó la cabeza.

—¿Estás furioso conmigo porque era virgen? —le preguntó, riendo.

—Estoy furioso contigo por no habérmelo dicho antes —tragó saliva y se pasó una mano por el pelo mojado—. Podría haberte hecho daño —la pasión era una cosa, pero perder la cabeza con alguien sin experiencia no era algo de lo que se sintiera orgulloso. Si lo hubiera sabido habría sido mucho más delicado y...

Qué demonios... ¡si lo hubiera sabido no habría hecho nada!

Lo único que podía ver de ella era su coronilla. Había pegado la barbilla al pecho y el pelo le caía como una cortina de seda roja sobre el rostro. Seb aspiró profundamente al recordar cómo aquellos cabellos le habían acariciado el pecho cuando... No, no podía seguir por ahí. Lo de la noche anterior había sido una excepción y basta. Se había dejado llevar por sus impulsos, pero no volvería a suceder.

Ella levantó la cabeza y se apartó el pelo con las dos manos para mirarlo con unos ojos brillantes como zafiros.

—No me lo hiciste... —sus carnosos labios se curvaron en una temblorosa y sexy sonrisa, y Seb sintió que el corazón le daba un vuelco. No estaba preparado ni protegido para una sensación tan fuerte.

De pronto Mari soltó un grito ahogado de dolor.

—¿Qué pasa? ¿Qué te ocurre? —Seb se sentó en la

cama, donde ella había pegado la rodilla al pecho y se aferraba a la pantorrilla.

–¡Un tirón! –masculló entre dientes, blanca como la cera.

–¿Solo eso? –sintió una mezcla de alivio y compasión. Sabía por experiencia lo molesto que podía ser un tirón, sobre todo si a uno lo pillaba a un kilómetro de la costa.

–¿Solo? –repitió ella con voz ahogada. Si hubiera tenido algo a mano se lo habría arrojado a la cabeza. El dolor se había extendido hasta el pie y las contracciones musculares tiraban de los dedos hacia arriba. Mari se los agarraba en un desesperado intento por aliviar la agonía–. Puede que mi tolerancia al dolor sea nula, ¡pero me duele horrores! –se quejó, avergonzada por las lágrimas de debilidad que afluían a sus ojos.

–Lo sé. Permíteme.

–No puedo –sacudió la cabeza, negándose a soltarse el pie.

–Sí puedes –con mucha calma le hizo estirar la pierna sobre sus rodillas y empezó a masajearle el músculo agarrotado. Los movimientos de sus largos y hábiles dedos aliviaron inmediatamente el dolor, de modo que se recostó sobre las almohadas, cruzó los brazos sobre la frente y apretó con fuerza los párpados.

Seb vio cómo la sábana se estiraba sobre los pechos al oscilar con la respiración. Pensó en lo que había debajo, y en ese momento ella abrió los ojos y emitió un gruñido de protesta.

–¡Me haces daño!

–Relájate –un consejo que a él mismo le estaba costando trabajo seguir. ¿En qué demonios había estado pensando la noche anterior... y qué pretendía hacer en esos momentos? ¿Fingir que no había sucedido nada? El recuerdo de su reacción aún estaba fresco en su cabeza.

Que se relajara, pensó ella con desdén. Qué fácil era para él decirlo. Volvió a cerrar los ojos mientras él apretaba los músculos de la pantorrilla.

–¡Ay! –se quejó de nuevo, pero mantuvo los ojos cerrados. La tensión empezaba a disminuir mientras los dedos de Sebastian le recorrían los gemelos y la planta del pie, hasta que los músculos se relajaron y cesaron los espasmos en los dedos–. Mejor –murmuró, abriendo ligeramente los ojos–. Ya puedes parar.

Pero él no se detuvo y siguió masajeándole las piernas, subiendo lentamente por la cara interior de los muslos.

Sintió el suspiro que le estremecía el cuerpo y se llevó los pies a los labios para besarle la planta.

¿Quién se hubiera imaginado que un pie pudiera ser tan sexy?

¿Quién se hubiera imaginado, se preguntó ella, que la planta del pie fuese una zona erógena?

–¿Cómo es que nunca te has acostado con nadie?

–Me volví muy desconfiada después de que un hombre apareciera de la nada mientras me estaban seduciendo y me acusara de ser una fulana delante de todo el hotel –abrió un ojo a tiempo para ver cómo se quedaba pasmado al recordarlo–. Supongo que me hizo un favor al hacerme ver qué clase de consumado mujeriego era el hombre que me estaba llenando de pájaros la cabeza, pero de ahí a hacerle creer a todo el mundo que yo iba por ahí acostándome con hombres casados...

Seb cerró los ojos con una mueca. Ya no veía a la mujer fatal de la que los hombres debían protegerse, sino a una víctima inocente.

–Qué tipo tan miserable –murmuró.

–Oh, sí... tanto como el otro.

–Pero seis años, Mari...

–¿No te dije que mi libido es casi inexistente?

Los dedos de Seb se detuvieron un instante, pero enseguida reanudaron su ascenso por el muslo y su risa le provocó a Mari un hormigueo en el vientre.

–¿Qué viste en aquel baboso? –le preguntó mientras seguía subiendo, para luego retroceder sin llegar a satisfacer el deseo que palpitaba en su entrepierna. Mari giró la cabeza en la almohada y soltó un suspiro de placer y frustración.

–Tenía dieciocho años, Seb. Él se fijó en mí desde el principio y me dedicó un trato especial. Ningún hombre se había interesado nunca tanto por mí, y es normal que me sintiera halagada... Hasta que un día advertí que algo no iba bien. Esperé hasta después de clase y le pregunté... –se llevó una mano a la cabeza–. Le pregunté cómo podía ayudarlo. Fue entonces cuando me confesó que se había enamorado de mí. Lo había estado ocultando porque era mi profesor y era mucho mayor que yo. Perdí la cabeza por él y por el secretismo que lo envolvía todo. Me parecía tan romántico... Después descubrí que al comienzo de cada curso tenía una aventura con una estudiante nueva. Todo el mundo lo sabía menos yo... Me convertí en el hazmerreír de la facultad.

Seb apretó los puños. Si volvía a encontrarse con aquel adúltero embustero, no sabía lo que le haría.

Y él se había acostado con una virgen...

–Los dos éramos adultos y no hubo nada ilegal –añadió ella a modo de justificación–. Simplemente fui una estúpida.

–Se aprovechó de su posición –replicó Seb–. Me sorprende que la universidad lo permitiera.

–No creo que el decano lo supiera, y de todos modos ya no permiten que los profesores se relacionen con las alumnas. Al año siguiente se armó un escándalo cuando la chica a la que sedujo después de mí intentó suicidarse. Por suerte no lo consiguió, pero él presentó la dimisión y creo que su mujer le pidió el divorcio.

–Siento lo que te dije aquella noche. Acababa de tener una discusión con mi madre, quien siempre consigue sacar lo peor de mí.

–Fue hace mucho tiempo –dijo ella, mirándolo con curiosidad–. Y al final tuve mi venganza, así que estamos en paz.

–Pero aquello te dejó cicatrices, y en parte yo soy responsable.

Ella estiró los brazos.

–También las has curado... –se dio la vuelta perezosamente y bostezó–. Debería volver a mi habitación y vestirme. No sé lo que pensará tu abuela.

–No olvides que estamos casados.

Mari frunció el ceño al mirarse el anillo.

–Pero no es real. Aunque supongo que ella no lo sabe.

–Mi abuela ya no está aquí. Por eso... –sonrió– se pasó antes, para despedirse. Va a quedarse unos días con su hermana, que se ha caído del caballo.

–¿Tu tía abuela se ha caído del caballo? ¿Cómo está?

–Está más preocupada por el caballo –apartó la colcha que momentos antes había calentado sus cuerpos y se levantó, totalmente indiferente a su desnudez. Mari, mucho más tímida, le recorrió ávidamente el cuerpo con la mirada.

Sus miradas se encontraron y ella bajó la suya y carraspeó. El contacto visual, aunque fugaz, bastaba para excitarla.

«Dios mío, me he vuelto insaciable».

–No pareces muy preocupado... –observó mientras se imaginaba que Seb volvía a la cama, con ella–. ¿Es conveniente que siga montando a su edad?

Él se rio y se dirigió hacia la ventana, en dirección contraria a la que se imaginaba Mari. La abrió y un soplo de brisa impregnada de jazmín entró en la habitación.

–Marguerite está empeñada en morir a lomos de un caballo y no se dejará convencer por nadie.

Ella percibió la preocupación bajo el tono jocoso y le tocó la espalda cuando él se sentó en la cama para ponerse los vaqueros. Casi enseguida se levantó y se subió la cremallera.

–¿Por qué no me odias, Mari?

Ella parpadeó unas cuantas veces, sorprendida por la pregunta.

–¿Cómo sabes que no te odio?

Él se giró y se puso a caminar por la habitación como un depredador.

–Porque tú eres incapaz de odiar.

–Destrocé tu boda y a punto estuve de costarte mil millones de dólares.

–Y yo te engañé para que te casaras conmigo.

–Eso ha tenido sus ventajas –admitió ella, mirando la cama deshecha–. Ya no tengo dieciocho años. Sabía lo que hacía, aunque no esperaba sacar nada bueno de esos dieciocho meses.

Él echó a andar hacia la cama, recordándole la imagen de un peligroso pirata con sus pies descalzos, su pecho dorado y musculoso y la barba incipiente oscureciéndole la recia mandíbula. Debería ser ilegal que un hombre fuera tan sexy...

—¿No has pensado que la regla de los dieciocho meses puede quedar sin efecto?

Confusa, Mari examinó su rostro en busca del amante sensible y apasionado que le había enseñado tanto sobre su cuerpo en una sola noche. Pero solo vio a un desconocido de rostro sombrío, ni rastro del hombre del que se había enamorado...

La sangre se le heló en las venas. No, no podía ser. No podía estar enamorada. Solo había sido sexo. Sexo sin amor...

—A menos que tomes la píldora.

Mari no entendía nada.

—¿Por qué iba a tomar la píldora?

—No he usado protección. Podrías quedarte embarazada.

Sus palabras la golpearon con la fuerza de un rayo. Ahogó una exclamación de horror y le respondió con una voz de hielo.

—¿Sueles tener aventuras de una noche sin protección?

Los ojos de Seb destellaron y de sus labios brotó lo que debía de ser una palabrota.

—No, nunca lo había hecho sin protección. Lo siento.

Mari se sintió culpable por haberlo acusado tan duramente. Ella también se había dejado llevar por la pasión y no había pensado en las consecuencias.

—Yo también lo siento. Ha sido culpa mía tanto como tuya.

Seb se echó a reír.

—No creo que mucha gente estuviera de acuerdo contigo... No eres una aventura de una noche. Eres mi mujer.

—Durante dieciocho meses.

—O más.

–¿Cómo dices? –se arrebujó con la colcha.

–Si te has quedado embarazada no habrá límite de tiempo. Es del todo impensable que a un hijo mío lo criara otro hombre.

Mari tardó unos segundos en hablar, y cuando lo hizo le salió una voz extrañamente serena... seguramente para compensar el caos que reinaba en su cabeza.

–No estoy embarazada –«y tampoco enamorada».

–Tienes razón. Seguramente no ocurra nada. Nos ocuparemos de ello cuando llegue el momento, si es que llega.

–Eres increíble... ¿Cómo quieres que piense en otra cosa y siga como si nada? ¡Sería una catástrofe! –siempre se había compadecido de las personas que seguían juntas por el bien de los hijos, y no quería convertirse en una de ellas.

Él apretó la mandíbula.

–¿Qué probabilidades hay de que estés embarazada?

Ella hizo un rápido cálculo mental y tragó saliva.

–Bastantes –admitió–. Oh, Dios mío... ¿Por qué tiene que ocurrir esto? –se cubrió la cara con las manos–. ¡No puedo tener un hijo!

–Cálmate –se sentó en la cama y la tomó de las manos–. Sé que no quieres tener hijos, pero...

–¿Quién ha dicho que no quiera tener hijos?

–Tú.

–No quiero concebirlos, quiero adoptarlos. Hay muchos niños abandonados que necesitan un hogar y una familia.

Él se pellizcó la nariz y cerró los ojos, sintiéndose despreciable.

–¿Qué? ¿Qué he dicho?

Él sacudió la cabeza en silencio.

–¿Y ahora qué? Tú fuiste quien dijo que se te daba bien improvisar.

–Y se me da bien, pero me estás distrayendo...

Mari siguió la dirección de su mirada y se cubrió rápidamente los pechos con la manta.

–¿Cómo puedes pensar en el sexo en un momento así?

–Puedo hacer muchas cosas a la vez –le aseguró él–. ¿Qué te parece esto? Acortamos la luna de miel y volvemos directamente a Mandeville, al menos hasta que estemos seguros. Tendremos que consultar a un ginecólogo. Seguramente haya cosas que debas hacer y otras que no.

–Basta. ¡No soy una incubadora! –había pasado de ser una mujer apetecible con la que él quería hacer el amor a ser... ¿una madre?

Una madre... Un escalofrío le recorrió el cuerpo.

Al menos ya tenía la respuesta a una de las preguntas que siempre se había hecho. Seguía sin saber lo que empujaba a una madre a abandonar a su hija, pero sí sabía que ella jamás lo haría.

Al pensar en la posibilidad de que pudiera estar embarazada supo que por nada del mundo renunciaría a su hijo. Pero ¿y Seb? ¿Le pediría que lo hiciera? ¿Esperaría que abortase?

–¡No digas tonterías! –espetó él–. Oye, yo tampoco tenía pensado formar una familia, pero...

Mari quería echarse a llorar, pero lo que hizo fue abstraerse. La situación se le antojaba cruelmente irónica; toda su vida había protegido celosamente su corazón, y la primera vez que bajaba la guardia... No podría haber elegido un hombre peor. Al menos no se había enamorado de él.

«¿Seguro, Mari?».

–¿Qué pasa si estoy embarazada? Seguro que tienes un plan.

–¿No es evidente?

–No para mí.

–Estamos casados –le lanzó una mirada escrutadora–. Pareces sorprendida. ¿Qué creías que iba a decir?

Ella sacudió la cabeza.

–¿Qué hay del amor?

–No estamos hablando de flores y corazones, Mari. Estamos hablando de darle a nuestro hijo, en el caso de que venga, una buena educación y un entorno seguro.

–Puede que no esté embarazada –le recordó ella–. Lo más probable es que no lo esté.

Él asintió.

–Pero hasta que estemos seguros... ¿Mandeville?

Ella asintió de mala gana.

Capítulo 10

NADA más aterrizar empezó a sonar el móvil de Mari. Tenía una docena de llamadas perdidas y el doble de mensajes de texto, todos de su hermano.

Le bastó con mirar por encima un par de ellos para comprobar que todos eran del mismo estilo: «¿Dónde te has metido? Ven a por mí enseguida... Los médicos me están matando».

Estaba a punto de llamarlo cuando se detuvo.

Seb era un embustero, pero las estadísticas decían que hasta los peores mentirosos decían la verdad a veces. Había predicho que Mark reaccionaría de aquel modo, y su instinto era responder como siempre hacía.

¿Era el momento de romper el ciclo, no solo por ella sino también por Mark?

Muy despacio, cerró el teléfono y volvió a meterlo en el bolso. Sabía que Seb estaba observándola, pero se negó a darle la satisfacción de saber que había seguido su consejo.

Apenas habían intercambiado una palabra desde que dejaron España. Seb había intentado iniciar una conversación en un par de ocasiones, pero ella lo había cortado.

De camino a la limusina se detuvo y lo miró. A pesar del resentimiento le dio un vuelco el estómago. Era increíblemente atractivo.

–Siento haber estado de malhumor –lo había criticado por no estar enamorado de ella, cuando debería estarle agradecida de que no fingiera.

Seb echó la cabeza hacia atrás, se metió las manos en los bolsillos y esbozó una breve sonrisa.

–No me había dado cuenta. Seguramente estoy exagerando, pero si nos hubiéramos quedado en España mi abuela no nos habría dejado en paz. Si estás embarazada habrá cosas que debamos discutir en privado, sin que nadie nos oiga. Te gustará Mandeville. Es un lugar estupendo para criar a un niño... Hay mucho espacio.

Mari se quedó atónita al ver la enorme mansión blanca con sus hileras de ventanas perfectamente simétricas. ¿Mucho espacio, decía? ¡Aquella casa era del tamaño de una ciudad!

–Me siento abrumada –admitió–. La idea de vivir en un lugar tan imponente y tener criados...

–Estarás muy bien. Y seguirás disfrutando de tu intimidad.

–¿Por qué, es que no vamos a compartir habitación? –cerró los ojos y deseó haberse tragado sus palabras.

–Mari Jones, te deseo desde el momento que te vi –Mari abrió los ojos–. Compartiremos la misma cama.

Vio un destello en sus ojos y se preguntó si quería oír algo más. Le agarró la mano y sintió una descarga eléctrica por el brazo.

–El sexo ha sido sensacional –no estaba enamorado de ella, simplemente la deseaba. Nada más.

Era extraño, pensó Mari. Hasta ese momento no había sabido lo mucho que quería recibir. Mucho más de lo que él le estaba ofreciendo o de lo que jamás le ofrecería. Pero al escuchar cómo Seb se limitaba al sexo, dejó de intentar fingir que se había enamorado de él.

¿Por qué tenía que ser todo tan complicado?

Normalmente Seb podía leerle el pensamiento, pero no logró interpretar la mirada que ella le lanzó ni el tono de su voz.

–¿Qué tal si nos limitamos a pasarlo bien? –le sugirió despreocupadamente.

Él frunció el ceño. Aquella era su filosofía, y lo irritaba de manera irracional que ella le hablase de aquel modo.

–Hasta que estemos seguros –añadió ella.

Él asintió e intentó ignorar una extraña insatisfacción interior.

Mari entró en la mansión convencida de que nunca podría sentirse cómoda en un entorno tan fastuoso. El salón de baile de Mandeville parecía sacado de un cuento de hadas, y las paredes exhibían una colección de arte digna de un museo. Por no hablar de la espectacular sala de ocio con piscina incluida en la planta baja. Pero en menos de tres semanas se había acostumbrado al lujo y la elegancia con una facilidad sorprendente.

El problema era otro... No podía comparar lo que sería criar a un niño en aquel lugar con lo que sería hacerlo en su minúsculo apartamento, y no solo por la cuestión del dinero. El amor y la seguridad eran lo que realmente importaba.

Pero Seb sería un buen padre. No solo por su deseo de serlo; tenía mucho que dar. Al verlo con su hermanastra, quien era obvio que lo adoraba y respetaba, se dio cuenta de lo equivocada que había estado al prejuzgarlo.

Y cuanto más tiempo pasaba a su lado más se enamoraba de él. El sentimiento era tan intenso que a veces tenía que esconderse en un rincón para llorar, aunque tal vez fuera una reacción hormonal.

Sabía que estaba embarazada. Lo sabía desde hacía una semana. No sufría náuseas matutinas, gracias a Dios, pero había renunciado por completo al café y tenía los pechos más sensibles.

No se lo había dicho a Seb, quien no se fiaba de los tests caseros e insistía en que la viera un especialista de Harley Street. No había ninguna necesidad, pero ella no intentó disuadirlo.

La relación entre ambos era buena... demasiado buena. No habían discutido ni una sola vez ni habían tenido el menor problema. Todo era demasiado correcto, demasiado... irreal. A veces tenía la sensación de estar interpretando un papel.

El único momento que parecía normal era cuando estaban en la cama. Allí dejaban a un lado la rígida cortesía y se abandonaban a una pasión salvaje. Si no fuera por esas noches, Mari no podría haber continuado con la farsa.

Vivía por y para el sexo. Tal vez no fuera saludable, pero sería divertido mientras durase. La pregunta era: ¿hasta cuándo duraría? Cuando todo acabara, el único vínculo que habría entre ellos sería un niño.

Seb, que había intentado relajarse en una silla junto a Mari, se puso en pie cuando el especialista volvió a entrar en la consulta.

—Enhorabuena.

Estaba de espaldas a Mari, por lo que ella no podía ver su expresión, solo advirtió la tensión en sus anchos hombros. Seb estrechó la mano del doctor y ayudó a Mari a levantarse, como si ya tuviera problemas para moverse.

En el coche no dijo nada hasta que llegaron a Mandeville.

–¿Cómo estás?

Ella no respondió.

–¿Contenta... triste... furiosa...?

–Ya lo sabía –admitió ella.

Él la miró un momento antes de explotar.

–¿Y por qué demonios no me lo dijiste?

–¡Porque no me habrías creído! –espetó, sintiendo cómo reaparecía la tensión que había estado ausente en las últimas semanas.

Él agachó la cabeza, ocultando el rostro, pero sus hombros oscilaron visiblemente al respirar hondo. Cuando volvió a levantar la cabeza su expresión era... simpática.

–Tienes razón... Lo siento.

Mari intentó reprimir su decepción, sin éxito.

–Seguramente es culpa mía.

Seb se mordió la lengua al oírla hablar con aquel tono abatido. No sabía cuánto podría seguir soportándolo.

Por más que lo intentaba, más distante parecía ella. Seb se había desvivido para intentar demostrarle que la convivencia no tenía por qué ser una batalla continua, pero ella no parecía apreciar sus esfuerzos. De no ser por el insaciable deseo que le mostraba en la cama habría pensado que le era totalmente indiferente.

–Estaba pensando que ahora estamos oficialmente casados, no de manera temporal.

«Como habría sido si no me hubiera quedado embarazada», pensó ella, y se giró hacia la ventanilla para ocultar su dolor.

–El fin de semana tenemos una cena con la familia real. Si te sientes capaz de asistir...

–Estoy embarazada, no enferma.

–Claro –se recordó que tenía que ser paciente con las alteraciones hormonales de Mari–. Pensé que te gustaría ser la anfitriona.

–Muy bien.

El paseo por el jardín no fue tan relajante como se esperaba. Era difícil abstraerse cuando las ventanas de la mansión parecían seguir sus pasos como ojos reprobadores y cuando estaba hecha un manojo de nervios.

–No seas cría –se reprendió a sí misma justo cuando el reloj de la torre daba la media hora. Suspiró y enderezó los hombros. Había cronometrado el tiempo como si fuera una operación militar, de modo que no tuviera que comerse las uñas mientras esperaba por haberse vestido demasiado pronto, pero tampoco quería que se le echara la hora encima.

La puerta principal estaba abierta de par en par para facilitar el acceso del ejército de personas encargadas de preparar la cena. Todo el mundo estaba ocupado en las miles de tareas pendientes y nadie pareció reparar en Mari mientras atravesaba el vestíbulo de mármol. Las puertas del comedor también estaban abiertas y Mari se detuvo un momento para observar la frenética actividad que allí se desarrollaba. Se sentía como una niña espiando la fiesta de los adultos.

La larga mesa era una auténtica obra de arte, al igual que la araña de cristal que la iluminaba. Todo estaba dispuesto con una precisión geométrica, las servilletas perfectamente alineadas, las copas relucientes, los cubiertos de plata...

Entró en la sala y una de las floristas que se habían pasado la tarde llenando la casa de inmensos arreglos florales la vio y le sonrió nerviosamente.

–¿Hay algún problema, señora Rey-Defoe?

La mujer, una chica de edad parecida a la suya, estaba esperado su aprobación. La idea le resultó más chocante que la perspectiva de recibir a varios diplomáticos, un actor de Hollywood, un conocido articulista y un atleta mundialmente famoso.

–Todo está perfecto –sonrió–. Ojalá tuviera tu talento, pero a lo máximo que llego es a meter flores en un jarrón.

–Oh, el look natural está muy de moda –las dos se rieron y Mari descubrió que la chica había crecido en un pueblo cerca de donde vivían sus padres adoptivos. Estuvieron charlando un rato hasta que Mari, consciente de la hora, se dirigió de mala gana hacia la escalera.

Apoyó la mano en la barandilla y sintió el familiar hormigueo en la espalda. Giró la cabeza sabiendo que encontraría a Seb. Y en efecto allí estaba, impecablemente vestido para la cena y tan arrebatadoramente atractivo que el estómago le dio un brinco. Estaba en la puerta de la biblioteca que usaba como estudio.

Apretó los dedos en la barandilla. Si hubieran tenido una relación normal, se habría acercado a él para ajustarle la corbata, aunque el nudo era perfecto. Todo lo que Seb hacía era perfecto...

Hormonas, todo era culpa de las hormonas. Cada vez que la invadía un pensamiento inquietante se valía de las hormonas como excusa.

Seb vio cómo la animada expresión de Mari mientras hablaba con la florista dejaba paso al recelo que parecía reservar exclusivamente para él.

–Estaba a punto de subir a arreglarme –dijo ella a la defensiva.

Él se encogió de hombros. No lo preocupaba en absoluto que Mari se retrasara o que no luciera un aspecto increíble en la fiesta. Todas las mujeres que conocía se habrían pasado el día entero preparándose para un evento formal, pero Mari se había puesto lo primero que encontró al salir de la ducha, se había pasado las manos por el pelo, se había pintado los labios de color frambuesa y su aspecto dejaría sin aliento a cualquiera.

—Es que la florista vivía cerca del pueblo de mis padres adoptivos...

Seb apartó la mirada de sus tentadores labios.

—¿Crees que me molesta que hables con la persona que se ocupa de las flores? ¿Tan esnob te parezco?

—No, esnob no.

Trataba a todo el mundo por igual, lo que no significaba que entablara amistad con el personal. Aparte de unos pocos amigos íntimos, parecía guardar las distancias con todo el mundo, independientemente de su posición social. Y no parecía darse cuenta de lo mucho que la gente intentaba complacerlo... como ella.

—Entonces, ¿no te importaría que fuera amiga de Annie... o del jardinero, o del cocinero, o...? —se detuvo y respiró para calmarse.

—Creo que no se sentirían muy cómodos con la situación. Te guste o no, tienes una posición que mantener.

El comentario hizo enfurecer a Mari.

—¿Qué posición? —espetó. No podía seguir conteniéndose, después de tantos días diciendo lo correcto.

Llevo encerrada aquí toda la semana. Solo te veo en la cama. Echo de menos mi trabajo y los niños. Me siento sola y aburrida... —se mordió el labio y se preparó para recibir la respuesta de Seb. Seguramente le recordaría que no había barrotes en las ventanas ni candados en las puertas.

«Si tan horrible te parece, ¿por qué sigues aquí?».

¿Sería ella lo bastante valiente para responder con sinceridad y reconocer que solo estaba allí por él?

Para estar cerca de él, para oír su voz... ¿Se atrevería alguna vez a reconocer que lo amaba?

«Sola»... la voz trabada de Mari, la interminable lista de pros y contras, las dudas que lo acosaban sin descanso... De repente todo dejó de tener sentido, porque vio que la estaba perdiendo. Se la imaginó saliendo por la puerta, marchándose de su vida, y sintió un nudo de terror en el estómago. Era un idiota, un estúpido, un... No había palabras para describir lo que era.

Su primer error había sido pensar que podía separar las emociones del matrimonio. Sobre el papel no había tensiones. Había querido que su vida se asemejara al orden que reinaba en su mesa, todo ordenado y controlado hasta el último detalle. Al principio había sido posible, pero al mirar el hermoso y apasionado rostro de Mari su vida había cambiado radicalmente.

El amor, algo en lo que ni siquiera se había permitido pensar, lo había cambiado todo. Lo había cambiado a él.

No quería una esposa modelo. Alguien que dijera siempre lo apropiado y que estuviera de acuerdo con todo lo que él dijera. Quería a Mari. No la Mari que decía lo que ella creía que quería oír, sino la que soltaba lo primero que se le pasaba por la cabeza y se negaba a dar su brazo a torcer. ¡Quería recuperar a su Mari!

—Te equivocas por completo.

Mari subió un par de escalones y bajó uno, aferrada a la barandilla, incapaz de descifrar la impávida expresión de Sebastian.

–¿En serio?

–Sobre mí y sobre nosotros. Tu posición es... –frunció el ceño–. ¿Te ha faltado aquí alguien al respeto?

Ella negó con la cabeza.

–Deberíamos seguir casados –sugirió él.

–Lo sé, por el niño –murmuró ella.

–Porque tú eres tú y yo... –respiró hondo, soltó lentamente el aire y habló con una voz trémula y cargada de emoción–. Estoy solo.

Mari se quedó anonadada mientras él, habiendo soltado la bomba, se giró y volvió al estudio, deteniéndose un momento para mirarla por encima del hombro.

–Ven a tomar una copa cuando estés lista... Lima con tónica y mucho hielo.

La puerta se cerró.

Capítulo 11

AL RECUPERAR la sensibilidad en sus paralizados miembros, Mari subió los escalones de dos en dos con el corazón desbocado.

Para cuando llegó a la habitación, donde ya tenía la ropa preparada, había vuelto a la realidad. Seb había esperado para decírselo hasta saber que estaba embarazada. Y además, ¿qué había dicho? «Estoy solo». Podría significar que no tenía nada mejor que hacer.

¿Estaría viendo y oyendo lo que quería ver y oír?

Cerró los ojos y se presionó las sienes para detener el diálogo interior antes de que le explotara la cabeza. No sería una imagen muy decorosa para una perfecta anfitriona.

Abrió los ojos y se tiró de la manga del jersey para ver la hora.

—¡Dios mío!

Se desnudó a toda prisa y entró en el baño, donde vació medio frasco de aceite en la bañera y abrió los grifos al máximo. Cuando la bañera estuvo llena, se sujetó descuidadamente el pelo en lo alto de la cabeza y se metió en el agua.

Al ponerse el vestido negro, clásico y sexy al mismo tiempo, había conseguido recuperar la compostura, aunque solo superficialmente. Por dentro estaba tan nerviosa que no sabía si podría esperar a que Seb le explicara qué demonios había querido decir. Tenía el horrible presentimiento de que nada más verlo haría una estupidez, como decirle que lo amaba.

Y si lo hacía, él saldría corriendo, se echaría a reír en su cara o... Cualquier cosa sería preferible a aquella espantosa incertidumbre.

Seb se sacó el estuche del bolsillo. Debería haber sido un anillo, pensó mientras lo abría y contemplaba el collar de zafiros que le había llamado la atención al pasar frente a una joyería. Se los imaginaba alrededor de su esbelto cuello, del mismo color que sus ojos. Volvió a guardarse el estuche y se recostó en el sillón frente a la chimenea.

Un sexto sentido le hizo levantar la mirada justo cuando una figura apareció en la puerta que daba al jardín. El mono que llevaba puesto lucía el logotipo de la empresa de catering contratada para la cena.

Lo primero que pensó fue que se había perdido, pero su forma de moverse dejaba claras sus intenciones. El hombre miró por encima del hombro para asegurarse de que nadie lo veía y entró en la biblioteca.

–Qué bonito –murmuró mientras miraba las estanterías llenas de libros a su alrededor. El espejo estaba colocado de tal modo que Seb podía ver al intruso sin que él advirtiera su presencia.

El hombre fue ganando confianza e incluso empezó a silbar mientras agarraba los objetos para examinarlos como si fuera un experto. Debía de tener buen ojo, al menos para su precio, porque los más valiosos se los metía en el bolsillo.

Se fijó en el armario que contenía la colección de

plata del abuelo de Seb, y fue entonces cuando Seb le vio el rostro por primera vez.

La curiosidad inicial se transformó en algo más personal y frío, mucho más frío, al reconocerlo. Pero un pensamiento más acuciante le hizo desviar la mirada hacia la puerta. Mari entraría en cualquier momento, y Seb no quería presentarle a aquel hombre. Sintió un leve remordimiento, pero se recordó que, si Mari hubiera querido conocer a su padre, lo habría buscado ella misma.

Cuando Seb decidió investigar a la familia biológica de Mari tuvo que enfrentarse al dilema moral, pero siguió adelante a pesar de las dudas, movido por el deseo de encontrar a la madre que Mari anhelaba conocer.

Al conseguir la información, sin embargo, descubrió que su madre había muerto por una sobredosis después de haber abandonado a sus hijos.

Pero Amanda también era una víctima. El verdadero malvado de la historia era su amante, el padre de Mari, un hombre casado que había cumplido condena por bigamia. ¿Qué demonios estaba haciendo allí?

No era el momento de saberlo. La prioridad era asegurarse de que no se encontrara con Mari.

Estaba levantándose, mientras el ladrón se llenaba los bolsillos con los objetos de plata, cuando la puerta se abrió. Seb se detuvo y volvió a hundirse en el sillón. No le hacía gracia ocultarse y esperar, pero si quería que aquel hombre saliera para siempre de la vida de Mari necesitaría algo con qué negociar. Un bolsillo lleno de objetos valiosos y la amenaza de la cárcel podrían ser de gran utilidad.

Mari se detuvo en la puerta. ¿Debería llamar? Decidió que no y la empujó.

–¡Oh!

La biblioteca no estaba vacía. Había un hombre de mediana edad, de la empresa de catering, pero ni rastro de Seb. Mari quería encontrarlo, pero la cortesía la acuciaba a hablar con aquel hombre, quien la miraba de una manera demasiado intensa y sin aparente intención de explicar su presencia allí, en el santuario de Seb.

–Hola, ¿puedo ayudarlo en...? –se detuvo al observar al hombre. Estaba segura de que nunca lo había visto, pero...–. Disculpe, ¿nos conocemos? Su cara me resulta familiar.

El hombre sonrió, y Mari sintió un escalofrío en la espalda. Experimentó una inexplicable antipatía, pero se obligó a sonreír también mientras retrocedía lentamente hacia la puerta.

–Bonita plata georgiana... Una auténtica pieza de coleccionista.

Para asombro y horror de Mari, el hombre deslizó en el bolsillo de su mono la figura que había estado admirando. Se fijó en que tenía los bolsillos abultados... ¿llenos de otras piezas robadas? Aquel ladrón debía de estar loco, pero esperó que no fuera violento.

–Devuelva inmediatamente esa figura a su sitio y no lo denunciaré por robo.

–¿Robo? –el hombre se mesó la perilla–. Yo lo llamaría redistribución de la riqueza –mostró sus dientes amarillentos en una fea sonrisa–. Te reconocería en cualquier parte, cariño... Eres la viva imagen de tu madre.

Mari se había movido hacia la puerta para pedir ayuda, pero las palabras del hombre le congelaron la sangre.

–¿Co... conoce a mi madre?

–La conocía. Por desgracia, Amanda ya no está entre nosotros.

–Está muerta... –los pensamientos y las dudas se arremolinaban en su cabeza. ¿Le estaría diciendo la verdad? ¿Qué motivo podría tener para mentir?–. ¿Mi madre se llamaba Amanda?

–Eres mucho más alta que ella. Era muy poquita cosa, menos cuando os llevaba dentro a ti y a tu hermano, claro.

Por unos breves instantes había tenido madre... Era absurdo sentir que se la habían arrebatado, pero así se sentía. Una lágrima solitaria le resbaló por la mejilla. En el fondo, muy en el fondo, siempre había albergado la esperanza de que algún día su madre volviera a buscarlos y les explicara por qué los había abandonado.

Algo que jamás ocurriría...

–No te pongas triste, cariño.

–¿Quién es usted?

Seb aferró con fuerza los brazos del sillón y cerró los ojos. Sabía lo próximo que iba a suceder y no podía evitarlo. Tendría que dejar que el trágico desenlace siguiera su curso y luego darle a Mari todo el apoyo que necesitara... como si no hubiera sufrido ya bastante en su corta vida.

–Me duele que no reconozcas a tu padre.

A Mari casi se le salieron los ojos de sus órbitas. Se quedó rígida como una estatua y negó lentamente con la cabeza. Era imposible, aquel hombre no podía ser su padre.

–Creo que será mejor que se marche –dijo con firmeza–. Antes de que llame a Seguridad. Deje la figura y váyase.

–Vaya, vaya, te has convertido en una princesita,

¿eh? Parece que te ha ido muy bien –miró alrededor y asintió con aprobación.

–Si no se marcha inmediatamente tendré que denunciarlo a su jefe.

Él soltó una áspera risotada.

–No estoy en nómina, pero esto... –se tocó el logotipo del pecho con orgullo–, me ha facilitado bastante la entrada.

–Usted no es mi padre –si se lo repetía bastantes veces acabaría por creérselo–. Yo no tengo padre.

–Mírame bien, cariño –se señaló la cara y la miró con ojos entornados.

Sobresaltada, tanto por el cambio de tono como por la sugerencia, posó la mirada en el rostro del hombre que afirmaba ser su padre. Era ridículo. No se parecía en nada a las imágenes que había tenido de su padre. Ella y Mark siempre habían... Mark. Se apretó la barriga con una mano para sofocar las náuseas al comprender por qué su rostro le había parecido tan familiar. No había ninguna semejanza en sus rasgos, pero sí en la forma ligeramente rasgada de sus ojos y en la curva de los labios, aunque los de su hermano eran más carnosos y expresaban irritabilidad más que maldad.

Bajó la mirada para protegerse, pero no antes de que el hombre leyera su expresión y lanzara una exclamación de triunfo.

Afortunadamente el orgullo acudió en su ayuda. Alzó el mentón y lo miró fijamente a los ojos.

–¿Qué haces aquí?

–He venido a ver a mi hija.

–¿Después de veinticuatro años? –se concentró en el reproche para no mostrar signos de temor–. No sabes nada de lo que significa ser padre –no pudo evitar una sonrisa al pensar que su hijo sí que tendría un padre, la clase de padre que daría la vida por su hijo.

–Tranquila. No voy a quedarme mucho tiempo –dijo él, visiblemente desconcertado por el cambio de actitud en Mari–. Es que me he quedado sin dinero y tú... bueno, podrías prestarme un poco.

A Mari se le revolvió el estómago. Aquel hombre era su padre... Se estremeció de asco y se preguntó cuándo acabaría aquella pesadilla.

–No tengo dinero.

–Pero tu marido sí... de sobra –se frotó codiciosamente las manos.

–¿Cómo me has encontrado?

–Vi tu foto en el periódico y supe que eras tú... ¿No te parece increíble? Al nacer eras una llorona fea y roja.

–No tengo dinero –repitió Mari.

–Pero puedes conseguirlo. No creo que a tu marido le guste que se sepa que tu padre tiene un historial delictivo... ¿Te imaginas los titulares?

El intento de chantaje le cortó la respiración. Miró con repugnancia a aquel hombre, su padre biológico, que no parecía tener una sola gota de decencia en la sangre.

–Vete al infierno.

–Me parece que no lo estás entendiendo... –empezó él, pero el chirrido de un sillón lo interrumpió e hizo que ambos se giraran.

–No, eres tú quien no lo entiende. ¿Cuántos años te cayeron la última vez? ¿Cinco, que se quedaron en dos? No sé si sabes que la justicia es mucho más implacable cuando se trata de chantaje... Con tu historial podrían caerte... ¿Cuánto? ¿Quince años?

–Vamos, solo he venido a ver a mi niña –declaró él.

Seb se acercó, amenazándolo con su imponente estatura y su arrolladora personalidad.

–No es tu niña, es mi mujer. Vacíate los bolsillos, lárgate y no se te ocurra volver jamás. Si lo haces, te aseguró que lo lamentarás.

Acobardado, el viejo retrocedió hacia la puerta. Allí levantó el puño y lo agitó amenazadoramente.

–Tú sí que lo lamentarás cuando venda la historia a la prensa.

Se marchó y Seb se giró hacia Mari, que estaba mortalmente pálida.

–Lo siento.

–¿Y si lo hace? –preguntó ella, conteniéndose a duras penas–. ¿Qué pasará con el contrato con la familia real?

–Olvídate de él y del maldito trato –espetó Seb. Solo lo preocupaba Mari.

Ella no pareció comprenderlo.

–La cena... Tenemos que recibir a los invitados... Tranquilo, no te defraudaré.

–No importa... –empezó él, pero ella ya había salido apresuradamente de la biblioteca.

Seb apretó la mandíbula, pero no le quedó otro remedio que poner buena cara y seguirla.

Irónicamente, Mari consiguió mantener la calma durante la cena. Tenía cosas más importantes de las que preocuparse que usar el tenedor equivocado u olvidar el nombre de un invitado famoso. Sabía que solo estaba postergando lo inevitable, pero si por ella fuera seguiría así para siempre. No tenía sentido fingir... Había visto el desprecio en los ojos de Seb al echar a su padre. Para él, ella estaba contaminada, la misma sangre fluía por sus venas, y eso no los dejaba en buena posición.

El príncipe sentado a su derecha le dijo algo y ella asintió con una sonrisa, sin comprender una sola palabra, pero contenta de poder apartar la mirada de Seb. Siempre había envidiado su aplomo en público, pero aquella noche apenas había abierto la boca.

–Eres un hombre con suerte, Seb.

Seb apartó la vista de Mari, lamentándose por estar sentados en los extremos opuestos de la mesa. La maldita cena se alargaba de manera interminable.

–Lo sé –respondió. Era un cobarde. Un maldito cobarde. Su forma de enfrentarse a lo que sentía por Mari, su patético intento por reprimir los sentimientos...

–Felicita al chef de mi parte.

–Claro –el camarero retiró su plato intacto, y por unos instantes tapó la imagen de su mujer. Estaba allí sentada, tan digna como una reina, cuando por dentro debía de estar... El amor y el orgullo le contrajeron dolorosamente la garganta. Lo carcomía la vergüenza por no haber podido protegerla de la verdad, pero al menos podía protegerla de lo que pensara hacer su padre. Y así se lo diría en cuanto acabara la cena.

No sería lo único que le dijera.

–Un brindis por nuestra encantadora anfitriona –propuso alguien.

Seb maldijo en silencio, o tal vez en voz alta, porque la mujer que estaba sentada a su lado se rio. Francamente, le daba igual.

Mari agachó la cabeza, confiando en que los invitados interpretaran el gesto como una muestra de agradecimiento. Pero entonces sintió un dolor insoportable en el vientre y soltó un grito desgarrador al tiempo que se doblaba por la cintura. Un instante después todo se volvió negro.

Mari oyó voces, pero no abrió los ojos. Se sentía como si le hubieran rellenado la cabeza de algodón.

–¿Dónde estoy? –estaba en una cama, y cuando intentó llevarse una mano a la cabeza sintió dolor y volvió a bajarla. El catéter le hizo recordarlo todo–. ¿El bebé?

Seb estaba allí. Quizá había estado allí todo el tiempo. No dijo nada, pero las palabras no eran necesarias. La verdad se reflejaba en su rostro.

–Lo siento...

Le agarró la mano, la que no estaba conectada al goteo intravenoso, y la apretó con delicadeza. Mari parecía una pieza de porcelana semitransparente, a punto de romperse.

–Todo saldrá bien.

Apretó la mandíbula y tragó saliva con dificultad. Todo saldría bien, todo tenía que salir bien...

El trayecto en ambulancia había sido una pesadilla, y cuando llegaron al hospital y Seb se quedó esperando mientras la atendían, llegó a pensar que la había perdido para siempre.

Al recordarlo se puso pálido. Tuvo que agarrarse a la barra metálica de la cama para controlar sus temblores e intentar salir del horrible vacío interior.

Nunca más quería volver a sumirse en aquella oscuridad.

No quería pensar en los maravillosos momentos que podrían haber compartido y que él había desperdiciado por negarse a aceptar que había cosas que no podían controlarse... como el corazón.

Mari suspiró y cerró los ojos. Al despertar, Seb seguía allí, sin afeitar y todavía con el esmoquin.

—¿Por qué no estás en casa? —le preguntó, pero entonces recordó que no era su casa y sintió ganas de llorar.

Él le sonrió y le agarró la mano.

—Quería estar aquí cuando despertaras.

Mari se incorporó con gran esfuerzo.

—Lo siento mucho, Seb.

—¿Qué sientes?

—Haber echado a perder tu cena. El niño, mi padre... todo. Tranquilo, sé lo que vas a decir.

Él arqueó una ceja y la miró de un modo extraño.

—¿Lo sabes?

—Un padre estafador y expresidiario... —intentó contener las lágrimas—, un bebé perdido, el matrimonio disuelto después de dieciocho meses... —esbozó una triste sonrisa—. No hace falta ser muy inteligente.

La sonrisa de Mari le partió el corazón. La enfermera le había recogido el pelo en una cola y parecía muy joven, frágil y hermosa... Tanto, que casi hacía daño mirarla. Cuánto había cambiado él desde que ella entrara en su vida...

—Dile a Sonia que prepare mi equipaje. Me vuelvo a mi apartamento.

—¡Ni hablar!

Mari lo miró con asombro. No estaba siendo precisamente amable con ella.

—Echaré de menos esto...

—¿El qué?

–Tu carácter despótico e intransigente. ¿Puedes pasarme un poco de agua?

Él le acercó el vaso a los labios.

Seb se sentó a su lado, haciendo que el colchón se hundiera bajo su peso.

–Creo que deberíamos hablar de ello, ¿no?

Ella cerró con fuerza los ojos y negó con la cabeza. Hablar era lo último que quería hacer. Había perdido a su bebé y nada podría llenar el oscuro agujero que había quedado en su corazón.

–Oye, ya sé que te sientes obligado a no echarme porque acabo de salir del hospital, pero estaré bien, te lo aseguro.

–No es verdad.

Su tono comprensivo y cariñoso hizo que se le llenaran los ojos de lágrimas.

–Mi padre cumplirá su amenaza y... y para ti será más fácil evitar el escándalo si no estás conmigo.

–Todo eso me da igual.

–¿Pero cómo? Mi padre es un criminal.

–Lo es, en efecto, y eso hace que sea muy fácil manipularlo.

–No te entiendo.

–Digamos que tengo el presentimiento de que tu padre va a iniciar una nueva vida en Argentina muy pronto.

–Él no se irá.

Seb sonrió con picardía.

–Puedo ser muy persuasivo...

–Pero aunque se vaya yo seguiré siendo su hija... una bastarda –lo miró con ojos llorosos–. Creo que nuestra madre... Creo que se habría quedado con nosotros si hubiera podido, pero él...

–Creo que tu madre quería que tuvieras una vida mejor de la que había tenido ella.

Mari asintió.

–Y la tengo.

Él entrelazó sus dedos con los suyos y le levantó la mano para besársela.

–Te prometo que será aún mejor.

–No hay bebé... No tienes que fingir.

–Lo único que he fingido es que no te amaba, pero te amo, Mari. Tú lo eres todo para mí.

Ella lo miró con ojos brillantes como estrellas.

–¿Lo dices por... por el aborto?

Él le apretó la mano.

–Adoptaremos un hijo. Lo he estado pensando y tenías razón. ¿Por qué traer otro niño al mundo cuando hay tantos que necesitan un hogar y una familia? Podemos adoptar dos, o tres, si quieres.

–¿Pero tú quieres tener un hijo?

Él la besó con tanta ternura que la hizo llorar de emoción.

–Te quiero más a ti. Por un momento, ahí fuera... –la voz se le quebró y cerró los ojos con un gemido.

Mari, con el corazón palpitándole a un ritmo frenético, vio cómo luchaba por mantener el control y pudo sentir la intensidad de sus emociones.

–¿Seb? –le acarició la mano.

Él volvió a abrir los ojos.

–Lo siento, pero... –tragó saliva antes de continuar–. Habías perdido mucha sangre y no quiero correr el riesgo –la miró fijamente a los ojos–. No podría volver a pasar por lo mismo, Mari.

Ella se puso a llorar.

–¿De verdad me quieres?

–Te adoro.

–Pero has sido muy correcto y amable conmigo...

Él se echó a reír.

–Te prometo que nunca más volveré a serlo.

Ella le agarró la mano y se la llevó a los labios para besarle la palma.

–Te quiero, Seb. Te quiero muchísimo, pero no puedo seguir casada contigo.

–¿Por qué?

–Porque eres un Defoe y el nombre significa mucho para ti. Es normal que estés orgulloso de serlo, mientras que yo...

–Eres tonta –la cortó él en tono afectuoso–. Claro que estoy orgulloso. De estar casado con la mujer más hermosa del mundo.

–Te quiero, Seb.

–Tenemos toda la vida para amarnos. Ahora necesitas descansar.

Mari se esforzó obstinadamente en mantener los ojos abiertos.

–No puedo, no quiero...

–Tranquila. Estaré aquí cuando despiertes. Y mientras duermes me dedicaré a planear nuestra boda.

Ella abrió los ojos de golpe.

–Ya estamos casados.

–Esta vez quiero hacerlo bien... Te lo mereces todo, cariño. Una iglesia, un vestido, flores, ir del brazo de tu padre adoptivo.... Han estado aquí para verte, por cierto, y Mark te manda recuerdos. Fleur está en la sala de espera.

–¿Y tus padres?

Él se encogió de hombros.

–¿Por qué no? ¿Qué sería una boda sin escándalos?

Aunque te advierto que si ellos están presentes nadie se fijará en nosotros...

Mari esbozó una temblorosa sonrisa. Tenía los ojos llenos de lágrimas.

–Me encantaría... Pero lo que de verdad quiero, Seb, es a ti.

Él se agachó y le dio un beso en los labios.

–A mí me has tenido desde el primer momento en que te vi. Pero he tardado un poco en darme cuenta.

Epílogo

MIRA a tus hermanas.
Seb levantó a su hijo Ramón para que viera a las niñas que dormían en la cuna.

El niño abrió los ojos como platos.

–¿Puedo tocarlas?

Seb asintió, con el corazón henchido de orgullo cuando su hijo tocaba la nariz de cada una con el dedo.

–Se parecen a mamá –dijo, mirando maravillado los cabellos rizados y rojizos.

–En efecto.

–¿Yo a quién me parezco, papá?

Seb tragó saliva. Le costaba creer lo afortunado que era. Los primeros meses del matrimonio habían sido maravillosos. Después de una boda de ensueño y de una prolongada luna de miel, Mari había vuelto a su trabajo en la escuela. La habían recibido con los brazos abiertos al saber que estaba casada con uno de sus mayores benefactores.

Pero la sombra del bebé que habían perdido seguía cerniéndose sobre su felicidad. Fue la llegada de Ramón lo que ayudó a disiparla, aunque no el trágico recuerdo.

Seb se asustó más de lo que creía posible cuando Mari se quedó embarazada de gemelos. Ella, que había estado trabajando a media jornada desde que adoptaron a Ramón, pidió enseguida una baja para tranquilizarlo. De no haber sido porque tenían que ocuparse de Ramón, Seb no creía que hubiera podido soportarlo. El pequeño era una bendición en todos los sentidos, y además tenían dos hijas preciosas.

—Tú te pareces a la mujer que te concibió, Ramón, quien te quería muchísimo.

—Se fue a vivir con los ángeles.

—Así es. Y ahora salgamos para no despertar a las niñas ni a mamá —le dio un beso en la frente a su esposa durmiente y salió de la habitación con su hijo.

Fuera esperaban su cuñado con su mujer y Fleur, que estaba hablando con los padres adoptivos de Mari. Mark, quien pronto dejaría las muletas por un bastón, se había casado con su enfermera.

—Podéis entrar —les dijo Ramón dándose importancia—. Pero solo si estáis muy callados, ¿verdad, papá?

—Eso es.

—Y estamos muy orgullosos, ¿a que sí?

—Mucho —corroboró Seb, mirando a su esposa dormida a través de la ventana—. Muy orgullosos y muy, muy felices.

Bianca

Estaba atada a un marido al que no debería desear...

Desde que Ellie Brooks conoció al magnate Alek Sarantos, su vida había descarrilado. Primero la despidieron y, en ese momento, estaba embarazada del desalmado griego. Solo debería haber sido una noche de desenfreno apasionado, nada más. Sin embargo, cuando se presentó para exigirle que legitimara al hijo que estaba esperando, Alek, para asombro de sí mismo, ¡aceptó la descabellada petición!

Ellie empezó a arrepentirse de su decisión. Hasta que una leve patada dentro de ella le recordó por qué había llegado a ese trato con él...

No desearás a tu marido

Sharon Kendrick

Acepte 2 de nuestras mejores novelas de amor GRATIS

¡Y reciba un regalo sorpresa!